2学期早々、大事件――!?
佐城くんへ
落ち着け、客観的に
状況を整理するんだ。
靴箱開けた。なんか落ちた。
明らかに何かの手紙。
落ちざまに見えた可愛らしい
ピンクのシール。
やや丸い筆圧の優しい字――
『佐城くんへ』。
「おおお俺にラブレター!?」
「おおお落ち着いてさじょっち!
これは誰かの罠だよ!」
夢見る男子は現実主義者
yumemiru danshi ha genjitsusyugisya

♥ EX 補習テスト ♥
いや無理だわ。こんな美少女が横にくっ付いてて集中出来るわけないだろ。上の空だったことを誤魔化していると、ポケットの中のスマホが震えた。取り出して見ると、通知が……
「だめ」

画面の上にそっと夏川の手が置かれた。
視線を上げると、そこには不満げな顔。
「今は、わたしと」

「……わたる」
寝起きだと言うのに、微睡（まどろ）みが全く無かった。
頬に張り付く湿った髪が気持ち悪い。
思い出せるのは二つ。
口から零れた名前の彼が登場したこと。
その彼の顔が、
徐々に見えなくなり思い出せなくなったこと。
怖い夢だった。

夢見る男子は現実主義者5

おけまる

HJ文庫
959

口絵・本文イラスト　さばみぞれ

contents

EX❤❤補習テスト

　夏休みが終わり二学期が始まれば自分の時間を自由に使えなくなる。それだけでも名残惜しいというのに、毎日毎日勉強に時間を費やさなければならないのはストレスだろう。「よっしゃ二学期だぜ！」なんて意気揚々と登校する生徒はおそらく一人も居ない。そんな事は分かり切っているはずだというのに、学校は素知らぬ顔で容赦なく試練を与えて来る。教育者というのは血も涙もないのだろうか。

「お前、一学期の頃の調子はどうしたんだ？　ちょっと酷いぞ」

「……っす」

　夏休みが明けて直ぐに実施された課題テストなるもの。どこの高校でもあるものなのか、それは夏休み中の宿題を範囲として行われた。アルバイトをしながら空き時間を使って計画的に終わらせるまではまだ良かった。ただそれに満足してしまっていたせいか、内容が全く頭に残っていなかった。自信こそなかったものの、「まぁ大丈夫だろ」と高を括っていたらあら不思議、返ってきた答案用紙に刻まれた点数は俺史の中で過去に類を見ない酷さだった。先生が見る目も中々に厳しい。縄文時代から出直せという目をしている。

「さじょっち点数悪かったのー?」

「……そっちはどうだったんだよ」

「へへん」

「ぐっ……」

後ろの席、先に答案を返されていた芦田がせせら笑いながら点数を見せてくる。高得点とは言えないものの普通に平均程度の点数だった。思った以上に悔しい。何が悔しいって、部活で時間も無いはずで、そのうえ陽キャな芦田に負けてることだ。後者は完全に僻みだった。

ほら、見せたんだからお前も見せろよと言わんばかりの顔で芦田が見てくる。悔しさで上下の歯をゴリゴリと噛み締めながら見せると、芦田は答案用紙と俺の顔を交互に見ながら「え、まだ童貞なのありえなーい」と言わんばかりの嘲笑を浮かべて見下して来た。何でやっ……! 童貞は関係ないやろ!

「……」

人生分の煽りを受けたショックで朦朧としながらも何とか芦田を躱し、体を前に向け直して考える。

本気でヤバい。

もともと俺の成績は悪い方じゃなかった。というのも中学時代、夏川を追いかけてこの偏差値高めの鴻越高校に入学するために必死に勉強していたこともあって、その習慣が根付いていたからだ。中三の秋、その成果が現れてぐんっと成績が伸びたときの快感は今でも覚えている。きっとあの時から俺は自分が才能開花したものだと錯覚し続けていたのだろう。

高校に入学し、その序盤でも高水準を維持できていたのは偏に夏川に対する想いがあってこそだった。「見劣りしてたまるか」、「俺は肩を並べられるんだぞ」などという勘違いが勉強に上手く働き、俺は自分磨きを止めなかった。

自分こそが夏川に相応しいんだという思い込み——それは今や痛々しく感じる黒歴史になりつつあるものの、一方でプラスの方向に働いた側面もあったというわけだ。何という皮肉。

「今回のテストは夏休みの気の弛みが結果に大きく現れていた。平均点以下は今度補習テストがあるから、勉強しておくように」

「うっ……」

もうやめて！　佐城のライフはゼロよ！

そんな事はお構い無しに、無慈悲な判決は下された。控訴は出来ないのだろうか。何でそんな言葉が分かるくせに歴史の知識は無いんだよ。どうなってんだ俺の頭。

「——勉強、しないとなぁ……」

自分改革を掲げたはずの初夏。確かにそれで痛い勘違いは無くなったかもしれないけれど、まさか同時に学力まで消えて無くなるとは思ってもいなかった。

◆

昼休み。その直前に姉貴から生徒会への呼び出しが来たものの、テストの点数を理由に断った。理不尽を掻き集めて固めたような姉貴であるものの、あれでも受験生だ。まさか成績がヤバいという理由があれば強制をしたりはしないだろう。

【なに、そんなにヤバいの】

【まぁ、ちょっと】

【……わかった】

強制されはしなかったけど何やらピリッとした雰囲気は漂った。冷静に考えると姉貴に俺のお勉強事情を打ち明けたのはこれが初めてかもしれない。その不干渉を破った初めての瞬間だったかもしれない。実際のところ姉貴の成績ってどうなんだろうな、塾とか通ってるし。

「あれ、さじょっちは購買？」

「……」

鬱屈とした気持ちで鞄ごと持って立ち上がると、その動きが気になったのか教室の真ん中あたりで夏川の席に椅子を寄せる芦田が訊いてきた。連られて夏川もこちらに振り向く。

「──や、ちょっと……」

芦田は良いとして、夏川も耳を傾けているところで「テストの点数が悪かったのでお勉強を……」なんて言いづらい。今でこそ諦めている俺だけど、だからって好きな人にカッコ悪いところを見られても良いというわけじゃない。

「ちょっとって何よ。怪しい……」

「あ、怪しくねぇし」

「……あっ！　わかった！　点数の悪かったテスト校庭に埋めに行くんでしょ！」

「俺は漫画のキャラか」

今日日テストの結果が悪かったからといって埋めに行くような奴は居ねぇだろ。居たとしても厳しい家庭の小学生とかだから。え？　再生可能紙だから大丈夫？　うるせぇよ。

強く出られずに苦い顔をしていると、夏川が顔色を窺うように訊いて来た。

「テスト、悪かったの……？」

「うっ……芦田」

「わっ、ごめんって！　睨まないでよ！」

まるでテストの点数が悪かったと知っているかのような言い回しをした芦田。夏川にバラすようなものだ。よくも言いやがったなと、つい恨みがましい目で見てしまう。

「ああ、佐城怒られてたもんな」

「山崎、お前も補習の教科あったろ」

「まぁ、補習ラインは超えないとなぁ……」

「ぐぬぬ……」

話を聞いていた山崎が煽って来る。そもそもこいつは俺を煽ることのできる立場じゃない。今回どころか、いつも低い点数を取って馬鹿笑いしている。バスケのスポーツ推薦で入って来たからだろうか、自分は勉強しなくても良いとでも思ってるんじゃなかろうか。まぁ、今回の歴史に関しては俺が惨敗してるんだけど。

佐々木に関しては何も言い返せなかった。しかも至極真っ当な意見と呆れ顔。正直芦田に言われるより悔しい。こいつはこいつで前の俺みたいに勉強に力入れてるからな。夏川の横に並び立ちたい気持ちがあるんだろう。まるで想いの強さまで負けたようで悔しかった。

「えー、ほんとに勉強するの？　やめてよ、あたしより頭良くならないでよ」

「そんな馬鹿な……」

芦田が嫌そうに理不尽な事を言ってきた。泣きっ面に蜂どころか死体蹴りのレベルまで行ってる気がする。もはや満身創痍。怒る気にもなれず、弱々しくツッコミを返すことしかできなかった。

「…………空き時間、しばらく居なくなるわ」

「……」

嘲笑。呆れ。まさか補習扱いの点数一つでこんなにも惨めな思いをする事になるとは思わなかった。今なら生徒会も熟しながら塾通いまでしてる姉貴を尊敬できそうだ。よくギャルからヤンキーを経て真面目に勉強する元ヤンみたいなところまで辿り着いたよな。元が悪すぎただけに凄いサクセスストーリーのように感じる。

今まで自分より下と思っていた奴らに追い抜かされる——それで強い憎しみのようなものを抱くなんて本当は良くないんだろうけど、何だか今は周りの全てが敵のように見えてしまう。こうやって人は捻くれて行くんだろうな。

真面目に勉強する、なんて言って興味を示すような高校生は居ないだろう、山崎や佐々木、その周りで聞いてた奴らはあっそと言わんばかりに自分たちの会話に戻った。注目が逸れた事にホッとして、鞄を肩に掛け直す。

「——ちょっと。駄目よ」

「えっ？」

そのまま図書室に向かおうとすると、視界の隅に居た夏川から待ったをかけられた。まるで子どもを叱るような目で俺を見上げている。

え、何で？　と思ったのも束の間、夏川が続きの言葉を口にする。

「お昼を抜いたって良いこと無いんだから」

「あ、はい」

ぐう……と唸ってしまいそうな正論だった。口には出さなかっただけに、ここまでリアルに〝ぐうの音も出ない〟を再現できる日が来るとは思わなかった。たったこれだけで一つ賢くなれたような気がする。

夏川が隣の空き机を叩きながら言った。

「食べるのっ」

ば、ばぶぅ。

――お、おっといけねぇ。心の底から湧き上がる邪念に支配されて乳児退行するところだった。夏川の弟になりた過ぎたわ。何でこう、俺の周りの女は姉貴を除いて包容力が強いのが多いのかね。本人がこれならそのお母さんは何なの。聖母の生まれ変わりなの？　その空き机は――え？　そこに座れって？　隣に座れって言ってるの？　マジかよろこんで――あっ。

「あ、あの……その――お昼、買ってきます」

「え……もう」

それでもいったんは買いに行かなければならないことを告げると、夏川は一瞬だけ残念そうになって唇を尖らせつつ「仕方ないわね」と頬を膨らませた。

夏川は自分がどれだけ可愛いのかをいい加減に理解した方が良い。それとも何か？　理解したうえで俺を誘惑するような事を言ってるってか？　だとしたらかなりのハイレベルだぞ……前から高次元の女だとは思っていたけど俺の目に狂いはなかった。きっと俺の性癖すら把握してる。これは死ぬるぜっ。

◆

夢のようなひと時でした。

天に召されるような気持ちで昼休みを終え、俺のモチベーションはテスト返却直後からズドンと上がっていた。今なら東大目指して勉強できそう。夏川の天然無自覚お姉ちゃんムーブがあそこまで俺の魂を震わせるとは思わなかった。夏川から命令されたらどんな理不尽な命令だって聞けると思うんだ。

「――あの、ここスリッパに履き替えてください」

「あ、すんません……」

アホな事を考えていたら怒られた。

放課後に向かったのは図書室。当たり前のように奥に進もうとしたら受付に座る先輩から注意をいただいた。低い学力がそのまま表に出てしまったのかもしれない。

図書室の中は想像通りの静かさだった。一ノ瀬さんはいつもこの中で本を読み耽っているのだろう。ここだといつもより読むペースも早くなりそうだ。

普通に本を読んでいる生徒も居れば、勉強している生徒も目立っている。ただ三年の先輩が多いな。まぁ受験生だからな。

俺の目的も勉強だから、そんな先輩たちが固まっている席の近くに座る。常連みたいな人が多いのだろう。近くを通っただけで「誰だこいつ……?」みたいな目で見られた。一見さんお断りみたいのはやめてほしい。

散々な結果の歴史の答案用紙と教科書、ノートを取り出す。中学時代に色んな勉強法を探したけど、結局は書いて覚えるのが一番良いらしい。まずは誤った解答の問題文から、教科書の中の該当の記述がある箇所を探す。

「えっと……ここか……」

誰にも聞こえないような声で呟いて、記載内容をペン先でなぞる。この問題文からどうしてこの答えになるのか、その結び付きを頭に入れようとする。

「——え？　何で？」

分からなかった。

え、何で？　何がどうなってこの答えになんの？　教科書見ても全然分からないんだけど。

暗記教科でこの事象に見舞われるのはきつい。数学ならよくありがちだけど、まさか歴史の勉強でこんな事が起こるとは思わなかった。出鼻を挫かれ、上がり気味だったモチベーションがストンと下降する。

はぁ……マジかよ。なんでこの答えになんだよ。普通は問題文と似た記載の近くに答えが書いてあるんじゃないのかよ。

苛立っていると、横から声を投げかけられた。

「……どう？　進んでる？」

「いや、それが――え？」

訊かれたから答える。それだけならまだ気付かなかったかもしれない。しかし途中からふわりとした香りが俺の鼻孔をくすぐった。脳みそが蕩けそうになった防衛反応か、意識がギュンッと引き戻された。

声の主の方を見ると、すぐ横に惚れた女が座ってた。

「おぉおおおっ……!?」

「ちょっ、しーっ！　しーっ！」

思わず声を上げてしまう。周りの先輩たちが迷惑そうな目でこっちを見て来た。慌てて目で謝って、胸を押さえて呼吸を整える。

いきなりの夏川は驚く。しかもすぐ隣から俺のノートを覗き込んでいるせいで顔がかなり近いというおまけ付き。おまけじゃねぇ！　メインディッシュだこの野郎！

呆れた顔で「もう……」と零す夏川に恐る恐る尋ねる。

「な、何で夏川が……？」

へろへろと椅子に座り直すも、上手く腰が持ち上がらなかった。今日はメンタルにダメージを受けすぎた。もう立てる気がしない。腰が抜けるとはこの事か。こんな調子で勉強が捗(はかど)るのか。

「勉強するって聞いたから……力になれるかもって」

「ほえ……？」

芦田みたいなアホな声で訊き返してしまう。半ば現実とは思えない言葉を素直(すなお)に受け入れる事は出来なかった。そもそもこの美少女は本当に夏川なのだろうか。妖(あやかし)が夏川に化けているだけかもしれない。どうやら俺を黄泉(よみ)の国へと迎(むか)えに来たようだ。

「な、なんで……？」

「え？」

「や、何で――」

俺に優(やさ)しくするのか。

俺を助けようとするのか。

好きでもない男にそんな事をするのか。

言葉は幾(いく)らでも浮かんだ。ただ、そのどれもが夏川の厚意(こうい)を拒(こば)むような言葉ばかりだった。上手い表現が見つからず、結局曖昧(あいまい)な言葉に落ち着いてしまう。

「何で、そんなことしてくれるんだ……？」

俺と夏川はそんな気安い関係じゃない。俺が勝手にそう思っているだけかもしれないけど、少なくとも夏川は進んで俺と二人きりになりたいと思えるような立場ではないはず。

「だ、だって……そういう、仲じゃない……」

あ、あれぇ？

おかしいな……俺と夏川ってそういう仲なの？　や、そもそも〝そういう〟って何を指してんだ？「わかるよね？」なんて上目遣いで見られてもわからない。可愛い。友だちから恋人関係までかなり幅広いぞ。どの辺りを指してるんだ？　可愛い。全くこの子は……いい加減にしろ！　可愛い。

「そう、ですか……」

何にせよ、これは俺にとってラッキーな事には違いない。幸いにも夏川は学年一位レベルの学力だし、教えてくれると言うのであればお言葉に甘えるとしようではないか。

「よろしくお願いします。夏川先生」

「せんせ――もうっ……ふざけないの」

「あ、はい」

照れた顔で怒ってくる夏川先生。パタパタと手で顔を扇ぐのを見るに、シンプルに〝先生〟と呼ばれるのが恥ずかしかっただけみたいだ。

　扇ぐ手から生まれたそよ風、俺に向かって夏川成分を運んでくる。俺の頭の中でびちゃびちゃと何らかのエキスが分泌された。たぶん碌なエキスじゃない。

「それで？　どこがわからないの？」

「……ッ……！」

　気を取り直すように顔を近づけて来る夏川。正確に言えば俺の手元のノートを覗き込んだ。夏川の頭が俺の頬すれすれに迫る。悲鳴の代わりに鼓動がうるさくなった。向こうに座る三年の先輩にまで届いているんじゃなかろうか。そして何故夏川は平然とこの距離感で居られるのか。

「その……ここ、なんだけど」

「『貞建式目』？　ああ、『建武式目』と間違えたのね。これは室町幕府の話だけじゃないの。鎌倉幕府の『御成敗式目』の——」

　夏川が問題文と俺の間違った解答を見て説明してくれる。一問、二問と進むにつれ、次第に夏川は俺の耳元に口を近付けた。こんな幸せな事があって良いのだろうか。好きな人がこんなにも付きっきりで勉強を教えてくれるなんてきっと俺の学力は何倍にも跳ね上がるに違いない。

「——ることから、この時期の人たちは『戦国大名』って呼ばれるようになったの。わかった……？」

「……」

「渉……？」

跳ね上がる、に……。

「もうっ、聞いてるの？」

「はひ……」

頬を摘まれる。俺の理性が跳ね上がった。きっと長男じゃなかったら堪えられなかったと思う。

うん……いや無理だわ。好きな人じゃなくても無理だわ。こんな美少女が横にぴったりくっ付いて集中なんか出来るわけないだろ。ただ幸せなだけだわ。勉強の事なんか一ミリも考えたくなくなる。カラオケ行こうぜ！

「もしかして……何かわからなかった……？」

「い、いやいやっ、大丈夫大丈夫！　ちょっと頭の中を整理してただけ――っと」

何とか誤魔化していると、ポケットの中のスマホが震えた。取り出して見ると、通知画面にはメッセージ内容と一緒に送り主の名前が表示されていた。

「芦田からだ。どうし――」

「だめ」

「え……？」

「今は、だめ」

画面の上にそっと夏川の手が置かれた。視線を上げると、そこには不満げな顔。戸惑っているうちにそっと手の内のスマホを抜き取られる。気が付けば、俺の手の届かない位置まで遠ざけられていた。

「今は、わたしと」

誰にも聞かれないよう、吐息混じりの声が耳元でそっと囁かれる。

輝かしい未来を掴むため、俺は自分の集中力の限界に挑むことを余儀なくされた。

◆

「もうあんな点取るなよ」

「うっす……」

返された答案用紙は一瞥するだけ。合格ラインを超えていることだけを確認し、さっさと鞄の中にしまい込む。覚束無い足取りで廊下を抜けて昇降口に向かおうとすると、階段の側の壁に夏川が腕を組んで立っていた。

「ん」

たった一声。それだけ言って手を伸ばしてくる。何かを寄越せという仕草だった。大人しく鞄の中から再テストの答案用紙を取り出す。夏川はそれを手に取ると、真剣な眼差しで点数を確認してから少し難しい顔をする。

「八十七点、ね……。ここの間違いだけど――」

「……」

最善を尽くした。いや、最善を尽くしてもらった。きっと夏川の教え方はとても分かりやすかったのだろう。教える相手が芦田だったら百点満点すら有り得たかもしれない。

触れる肩、伝わる体温、囁く声、耳にかかる吐息。蕩ける脳みそ。

あの後、徹夜で勉強したという事実は口が裂けても言えなかった。

気が付けば学校はすっかり文化祭モード。実行委員にとっては既に文化祭が始まってるようなものなのかもしれない。最近は夏川とおまけに佐々木もかなり忙しそうにしている。夏川と同じ感覚を共有してる佐々木を打倒すべく、何度も呪いの視線を向けていると、驚くことにこいつは教室にまで仕事を持ち込んでいることが分かった。

「やってんなぁ佐々木ぃ」

「何やってんだよ佐々木ぃ」

「ちょっ⁉　おい！　これ他の奴が見ちゃ駄目なやつだから！」

山崎とアホみたいな会話をした流れでそのまま佐々木に絡む。山崎がふらっとやってきて肩組んで来たからそのまま連れてかれただけだけど。この絡みはある種の応援でもある。喜んでも良いぞ佐々木。夏川に近付くんじゃねぇ、佐々木。

佐々木は俺たちの接近を察知すると、何かの用紙をバッと机の中に隠して見られないようにした。夏休みの体験入学で文化祭実行委員会の教室の中を覗いた時は予算的な書類を扱ってたような気がする。そう考えると、見られて困るものを持っていてもおかしくはないか……いやおかしいだろ、教室に持ち込むなよ。

「なに、忙しいの。妹ちゃんとどうなの、ええ？」

「ああ？　あぁ……仲良くやってるよ」

「じゃかぁしぃんじゃボケッ！」

「う、うるさいな」

山崎が振り切れてる。きっと夏休みの反動なんだろうな。こういうテンションの奴って夏休みとかよりも学校生活してるときの方が輝いてる節があるから。

くらえ佐々木――《山崎》！　※必殺技

「文化祭実行委員ってこの時期そんな忙しいのか」

「忙しいってか……まあそうだな、夏川と毎日頑張ってるよ」

「……」

佐々木は夏川の部分をやたらと強調してきた。これはもしかして……挑発？

残念だったな、そんなことをされたところで俺の心は痛くも痒くもない……嘘です、かなり羨ましい。室内シューズに画鋲を仕込んでやりたい。

とはいえ、俺は俺で佐々木だからこそ夏川の元に送り出した部分がある、佐々木が本当に夏川の事を狙って行くと言うのなら、わざわざそれを競ったり妨害したりするつもりはない。ただ気に入らない事は確かだから。せいぜい一人で対抗心でも燃やしてろという気持ちがある。ここは下手にライバル意識を刺激しないのが吉だ。

「……そうかい」

「そうかいってお前——」

「なーなー、なぞなぞ大会ってどんなの出すんだろうなー」

佐々木が何か言おうとしたものの、何も知らない山崎が能天気に口を挟んできた。相変わらずの馬鹿で安心する。そこそこ顔が良いのに腹が立たないのはこいつの魅力だろう。ただ、馬鹿なのに裏表の激しいタイプの女が近寄って来るから心配なんだよな。どうも見捨てることのできない自分が居る。

「なぞなぞか。小さい子も来るし、簡単なのが良いんじゃないか？」

「そこはこれから決めるんだろ」

「くっそ難しいの考えようぜ！」

「山崎に考え付くならな」

「んだと佐々木テメー」

さらにダルさを増した山崎が佐々木に絡む様子を見て楽しむ。良いぞ、もっとやれ。

鴻越高校の文化祭。各クラスごとに出し物をするわけだけど、このC組はなぞなぞ大会に決まった。他にも喫茶店や劇なんかも候補に上がっていたものの、結果は軒並み却下という始末だった。担任の大槻ちゃんいわく、そういった主流なものは三年生がやるから避けているとのこと。確かに先輩と重なったら気まずいもんな。他にも衛生面で面倒なところがあるらしく、不慣れな一年生はそういうものを避けたいというのが学校としての意向らしい。そんな大人の事情があるようだ。

◆

夏休みはあまりクラスの女子と遊べなかったなんて嘆いてた夏川だけど、その分周りの女子も話すネタが溜まっていたらしい。時間の合間ができる度に夏川の元に何人か集まっていた。受け身でころころと笑う夏川が話しやすいのか、次第にその数は増えていく。あの女子の渦にはどうすれば吸い込まれることができるだろう。

「——あ、あぅっ………」

ふと横の席を見ると、ニッコニコの白井さんと岡本っちゃんから迫られてる一ノ瀬さんがあわあわと狼狽えていた。夏休み前までの近寄り難かったオーラも、長い前髪が無くなって大きな垂れ目が見えるようになったからか、小動物のような庇護欲そそるオーラに変わっていた。控えめに言って素晴らしい。もっと絡み合うというのはどうだろう。アルバイトの元先輩として強く推奨する。

「なーに女の子見てニヤニヤしてんだい」

「うわっ、河合」

「え、うち可愛い？」

「言ってねぇよ」

「これ鉄板ネタね」

俺の後ろの席で話してたバレー部の二人。部活の事を話題にしてたのか、机には何かのプリントを広げている。時たま出現するこの河合は俺より背が高くて男勝りな性格をしている。だからか急に話しかけられると思わず仰け反ってしまいがち。芦田いわく、どうやらそう反応されたときの返し方も決まってるみたいだ。こんなんツッコむやん。

「見て見て。あの子俺が育てたんだ」

「愛ちに言っとくね」

「いくら払えば良いですか」

一ノ瀬さんを自慢しようとしたら手痛い仕打ちをくらった。別に良いじゃない……事実、一ノ瀬さんの鉄壁の前髪を剥がしたのは俺みたいなもんなんだからさ。俺が居なかったら多分あそこまで人気者になってないぜ？

とはいえ、夏川の名前を出されて勝つ術は無かった。

「ちょうど部活で使うボール一新した方が良いんじゃないかって話してたんだよ」

「言葉のスパイクやめてください」

ニタニタと笑う芦田と河合に勝てる気がしない。どちらもSっ気が強いからあまり調子に乗らない方が良いと見た。ここは素直に引き下がっておくとしようじゃないか。次に会う時まで覚えてろよ河合……！

「――さ、佐城くんっ……！」

「ああっ……⁉」

復讐を誓っていると、追い詰められたような声とともに小さな影が飛び込んで来た。腕が何かに包まるとともに、芦田が狼狽えるように声を上げる。

何事かとそちらを見ると、何とそこには一ノ瀬さんが。二学期に入ってから白井さんと岡本っちゃん辺りから大層おモテになっているらしい。さっきまで抱き付かれてすりすりされてたもんな……。文化系&清純派な可愛さを持つ二人にそこまでされるなんて羨ましい。え、嫌なの？　俺で良ければ代わりましょうか？

「なにどうしたの一ノ瀬さん。白井さんや岡本っちゃんに構われても良いじゃん。何か良い感じのノリじゃん」

「ざっくりし過ぎじゃない？　ちょ、さじょっち……普通に抱き着いてんだけど」

再度確認すると、確かに一ノ瀬さんは横から抱き着くように俺の腕を抱え込んでいた。微かな柔らかい感触が伝わってくる。

「……ふへ」

「さじょっち！」

「あー⁉　佐城くんズルい！」

「深那ちゃんとイチャイチャとか！」

そう、これは特権。一ノ瀬さんはアルバイトを通してこの夏休みで生まれ変わったのだ。つまりそのきっかけを作った俺は育ての親。一ノ瀬さんのこれは帰巣本能です。おかえり、我が娘よ。

「さじょっち‼」

「おごッ……⁉」

突然のヘッドロック。後ろから芦田の腕が俺の首に絡みついた。ヘッドロックっていうか首絞めだぞこれッ……！　く、苦し——はっ⁉　芦田からも感じる背中の仄かに柔らかい感触はっ……！　う、うおおおおッ……全神経集中！　考えるな！　感じろ！

「ちょっとさじょっち……！　なに愛ちの見えるとこでイチャイチャしちゃってんの！」

「おごごごッ……！」

　大人しく絞められていると、さらに後ろに首を引かれて余計に首が絞まった。さすがに息ができなくてタップを決めるも腕が全く解かれない。おかしいな？　まさか本気で俺(おれ)の命(タマ)取りに来てる……？

　芦田から耳元で何かを囁かれていたものの、息が苦しくて上手く聞き取れなかった。

「――ちょ、ちょっと！　何やってるの！」

「あっ」

　少し離(はな)れたとこから届く声。それと同時に首の締め付けが和(やわ)らいだ。そのままどうにか視線だけで声の方を見ると、机に手を突いた夏川が怒ったような目でこっちを見ていた。ああ……最期(さいご)に夏川の顔を見て逝(ゆ)けるなんて最高だぜ。

「あっ、愛ち。これは――」

「く、くっつきすぎっ……！」

「あっ！」

　ずんずんとやって来た夏川は、さっきまで一ノ瀬さんがくっ付いていた俺の腕を抱えて

強く引っ張った。芦田が慌てて俺を放して下がる。ようやく呼吸を取り戻すことができた。酸素おいしい。

呼吸を整えながら隣を見ると、一ノ瀬さんが困ったようにおろおろとしていた。

……あれ？　一ノ瀬さんが離れたのに柔らかい感触が消えな――えっ？

「な、夏川さん……？」

「……」

目を向けると、俺の腕を抱えた夏川が訴えかけるように俺を見上げていた。目を見返しても言葉は返って来ず、柔らかい感触だけが俺の腕に押し当たっていた。こ、これはどういうことだ……この短時間で三人もの女子と接触したぞ。なに、おれ今日死ぬの？

「うわぁ……！　夏川さん大胆……」

ちょっ。

いかにも純粋そうな白井さんがキラッキラした目で爆弾を放り込んで来て焦ってしまう。お願いだからそういうこと言わないでっ……！　割とシャレになってないから！　これ以上お互いに意識しても何も良いことないんですっ……！

「！　ち、ちがっ、そういうんじゃっ……！」

バッ、俺の腕を離した夏川。決して恥ずかしいからってわけじゃないんだろうな。本気で勘違いされたくなくて慌ててるんだと思うと少し悲しくなる。

仕方ないかと一息吐いて、冷静になった頭で夏川のフォローを入れる。

「いや、ほら、白井さん？　夏川も違うって言ってるし？」

「えー？」

えー？（キラキラッ）じゃないのよ。ちょっと誰かこの子止めてくれませんか。ぽわぽわしてる場合じゃないのよ。その天然さが罪なのよ。無意識に斬り付けてくるとかなおさら質悪いから。ほら、もう夏川さん俺と目を合わさないようにしてるから！　お願い誰か助けて！

『〜♪、〜♪』

「……！」

こ、これはっ……！　ナイス通知音！　利用しない手はないぜ！

「あ、あー。何かスマホ鳴ったわー」

俳優顔負けの演技でスマホを取り出す。夏川と一歩距離を取ってから画面を確認する。

【あんた昼って暇？　暇だよね】

ナイス姉貴。神。金剛力士。良いタイミングの傍若無人だった。マナーモード忘れてたのが功を奏したわ。内容はともかくマジ感謝だぜ姉貴。ただ俺を暇だと決めつけるのは良くないぜ姉貴！

「うっわ……さじょっち」

「あんた……」

「そこ、うるさい」

白い目を向けて来るバレー部二人。小声でドン引きやめろ。お？　生徒会副会長が味方した俺に盾突く(たてつく)のか？　どうなっても知らないぞ？　姉貴にかかればバレー部の予算を削(けず)ることだってできるんだからな？

周囲の女子からの視線がやたらと冷たくなった気がする。白井さんは罪の意識が無いのか「あはは、佐城くんサイテー」なんて笑いながら言葉のナイフを向けてきた。この攻撃(こうげき)力(りょく)よ。姉貴にどれだけボロ雑巾(ぞうきん)にされようと挫けなかった心を簡単にへし折って来る。

ふと夏川をみると、気まずそうに床(ゆか)を見つめてもじもじとしていた。ふへ。

◆

「——で？　何の用？」

「どうも何も、あんた夏休み前もやってたじゃん」

悪い意味でクラス中の注目を浴びた後の昼休み。飯を食った後に生徒会室に向かうと、姉貴から前に手伝った時とは違う書類を手渡された。つまりは「やれ」という事らしい。さっきは助かったけど……この姉、俺を使うのに容赦が無さすぎないか。

「良いじゃん、どうせあんた生徒会に入るんだし」

「いやいや何言ってんの？」

夏休み中にチラッと生徒会に入れと言われたのを思い出す。あれってマジだったの？ 相変わらず生徒会に入りたいなんて思わない。アルバイトを経験した俺に言わせれば、労働の対価も発生しない仕事なんて面倒以外の何ものでもない。

「楓の弟が入んのかー！ 面白いじゃん！」

「良いんじゃない？ 姉から弟に立場を引き継ぐっていうのも趣があると思うよ」

活発系イケメンこと轟先輩の余計な一言。そして、そんな轟先輩の書類を横で回収しながら優男系イケメンの花輪先輩が他人事のように感想を述べてきた。わざわざ共感しなくて良いんだよベイビー。誰が好き好んでこんな面倒な組織に入るか。イケメン狙いの女子辺りを適当に放り込んでおけば良いんじゃないの。

「ほら、隣の席。拓人の横座って。そこの悠大が持ってる資料持ってって」

「あ？ た、拓人……？ 悠大？」

急に名前を言われてもわからない。生徒会のイケメン共の名前なんていちいち把握してねぇっての。

「甲斐拓人。悠大はそこの元気な奴」

「俺だよーん」

甲斐先輩と轟先輩のことだったのか。姉貴、ここに居る全員のこと名前呼びなんだな……。ていうか、轟先輩が仕事する気なさすぎて草。俺じゃなくてこの人にやらせろよ。

何で花輪先輩は何も言わずこの先輩の資料をもらってあげてるわけ？

そんなことを思っていると、甲斐先輩が俺に顔を近付けてボソッと伝えてきた。

「轟先輩に任せたら不備が出ますから。もう良いんですよ」

「ええ……」

秀才系イケメンが眼鏡の位置を直しながら俺の肩をポンと叩いて来た。諦めろと言わんばかりの表情。むしろ諦めてるのは甲斐先輩の方か。じゃあなに、あの人何でここに居んの。盛り上げ役ってやつ？　轟先輩ならアイドルとかも向いてそうだな。姉貴は……アイドルっていうよりミドル級だからな。

「悪いな渉。俺からも礼はするから、少し付き合ってくれないか?」

「……うす」

クール系イケメンこと生徒会長、属性盛り盛りの結城先輩から頭を下げられる。個人的にはこの人が甲斐先輩に次いでまともだ。そのくせイケメンとかどういうことなの神様……不平等な貴方様に神の資格はありませぬ。その座を夏川に明け渡せ。俺が教祖になってやる。

「はいこれ」

「ん」

姉貴に渡されたノートパソコン。見慣れない型だ。甲斐先輩に教わりながらノートパソコンを立ち上げてみた。起動画面を眺めていると、キーボードの下のシールが目に付く。

「うおっ……」

ええ……CPUの数字「9」なんだけど。スペック高っ。ノートパソコンなのに？　高校生に与えるスペックじゃないだろ。

「あ、すみません楓さん。このドキュメント専用のフォーマットってどこにあります？」

「ああ、それね。『文化祭』フォルダの四番目のファイルをコピーして使って」

「はい、ありがとうございます」

生徒会メンバーの甲斐先輩ですらわからない事があるらしい。ていうか、話聞いた感じまだ着手すらしてないものを俺にさせようとしてない？　嫌なんだけど。もっとほら、判子押すだけとかさ……そんな単純作業の仕事はないわけ？

　言われた通りの手順書に目を通すと、気になる記載を見つけた。

「……ん？　なにこれ。〝手書きの内容をフォーマットに落とし込む〟？　最初からフォーマットに入力できなかったの？」

「や、それ実行委員が外部からまとめてくれたやつだから。できない事はないんだけど、下手にパソコンとか使わせると外部の人間が敬遠して離れちゃうわけ。特に金持ってるジジイとか」

「〝金持ってるジジイ〟って……支援してくれてるんだろ」

「宜しくお願いしますね。佐城くん」

「うっ……はい」

　姉貴に文句を言おうとしたところで顔に陰を作った甲斐先輩が顔を近付けて来た。〝宜しくお願いします〟がこれほど脅しに聴こえるのは初めてだ。やっぱりこの人もK４の一員だな、侮り難し。

　プリントを手に取ると、さっき目を通したフォーマットと同じ項目があった。本当にそのまま書類を手打ちでパソコンにデータとして落とし込むだけみたいだ。てかこの束、学校関係者の書類じゃないんだな……さすが進学校、色んなとこから金を貰ってるって事か。

結局こういうのも西側の生徒の親族だったりするんだろうな。学校側が同じ校舎に寄せ集めて優遇するくらいだし。

「……なぁ姉貴」

「なに」

「今さらだけど、俺らって〝東側〟――んぐッ!?」

「良いから手ぇ動かせ」

左隣に座る姉貴から頭ごと腕で絞められた。締め付けが芦田の比じゃない。懐かしさすら感じる。何で部活もやってない姉貴が芦田より力強いんでしょうかねぇ……。

「……？　何の話です？」

「何でもないから。続き宜しく」

首を擦りながら手を進める。急かす姉貴の語気は妙に強かった。相変わらずこの学校の過去については話すつもりは無いみたいだ。大人しく黙って手ぇ動かすとするか……。

集められたプリントは量こそ多いものの早いペースで減らす事ができた。やってみて分かった事は、外部の支援者の住所とか電話番号の入力がラクということ。この学校の卒業者なんてもはや内部の関係者みたいなもんだからな。去年のリストから名前見つけてコピペするだけで済んだ。

「そんなにキツいわけじゃないんだな」

「いや昼に仕事してる時点でキツいから。サービス残業みたいなもんだからね、これ」

「ハッ……⁉」

「あんた社畜精神やばいよね。だからこうしてあんたを生徒会に推してんだけど」

「やめろよ……名誉棄損だぞ」

「楓、俺たちも憂鬱になるから……〝サービス残業〟はやめてくれないか」

マジかよ。マジかよ……。

ショック過ぎて二回繰り返してしまった。社畜精神とか屈辱なんだけどマジヤバめ。ちょっと結城先輩もげんなりしちゃってるし。おかしいな……？　バイトみたいに報酬が無いとやる気が出ないはずだったんだけどな。気が付けば若干モチベーションが上がってる自分が居た。

「……あんたの懐具合に興味が湧いて来た。さては潤ってるね？」

「あえッ⁉　ん、んなワケねぇだろ日頃あんだけ姉貴にパシられてんだぞ⁉」

「バイトしてたあんたが仕事に対価を求めないのがおかしい。金に余裕ある証拠。良い事知った……や、どっちかっつーと中学の時のあれね……」

「おいマジで変な事考えんなよ！　今まで以上に俺に奢らせんのやめろよな！」

「今までの分は良いのか」

「ハッ……⁉」

咄嗟に出た言葉の異常性に遅れて気付く。社畜どころか奴隷根性が身に付いてる……だと？　ヤバい、ショック。体に力が入らない。一瞬にしてメンタル満身創痍なんだけど。

決めた。二学期はもう働かない。楽することでこの直ぐに従いがちの奴隷根性を叩き直さねば。いっそ四ノ宮先輩のとこの道場にでも通って精神鍛えるか……？　おかしい、従順になる未来しか見えない。

「すまないな渉。礼として明日は俺がお前の分の昼を準備しよう」

「はい──えっ？」

「昼になったら生徒会室に来てくれ」

「え……？」

色々と驚きが有るけどその前に一つ良いでしょうか。また仕事を手伝わされる気がしてならないんですけど？　手料理ならせめて女子からが良い。いやだからって姉貴のとかじゃなくて……てか何この生徒会。今更だけど女子一人とかおかしいだろ。イケメン四人に囲まれるとか乙女ゲーの世界かよ。

「あ、教室帰るついでにそこの段ボール資料室に運んどいて。よろ」

「鬼なん？」

「とか言いつつ持ち上げるんだな……」

「ハッ……!?」

「ごめん、拓人もお願いできる？」

「はい、わかりました。任せてください」

◆

廊下を甲斐先輩と歩く。方向が途中まで俺と重なるせいで手伝わされたんだろうし、少し申し訳無さを感じる……いやちょっと待って冷静に考えたら手伝わされてんの俺じゃね？　なに申し訳無さ感じちゃってんだよ。どこから湧いてくんのこの奉仕精神。今なら就活できそう。アレか、夏川を追い掛けてた時の癖か？　こんだけポジティブになれるのに夏川に対しては自信持てないのはもはや呪いだろ。

「佐城君とこうして歩くのも一学期以来ですか」

「ああ、あの時の……」

屋上で姉貴と熾烈なバトルを繰り広げた時か……あの時は二度と生徒会に関わるまいな

んて思ってたのに……何でこんな事になってんだか。まあ家に帰ればその副会長様が居るからな。否応無しだわこれ。避けようとするだけ無駄なのかもしれない。

「ふ……しかし、これは中々体力を使いますね」

「ああ、それなら段ボールに腹をくっつけると軽く感じるっすよ。引越し屋の手法です」

「ふふ……」

「……何すか」

「いえ、つくづく君は生徒会に向いてるなと思いまして」

「やめてくださいよ、こんな雑用で」

この人も俺が生徒会に入んの賛成派なのか。ちょっと警戒心湧いたな。策巡らす感じの性格してそうだし、あんまり俺自身のことを喋りすぎると揚げ足を取られそうだ。

「そういや、そーゆー先輩は生徒会続けないいんすか？　何か、風の噂で『次は生徒会長か』なんて聞きましたけど」

「噂になってるんですか……何だか嫌ですね」

「気持ちは察しますけど」

誰に聞いたんだったか……忘れたわ。生徒会で考えると影薄い感じだけど、二年の間じゃ甲斐先輩は有名らしいからな。主にイケメンだとか眼鏡男子だとかそっちの方向で。さては本体は眼鏡だな？

「生徒会自体は嫌ではないですが……生徒会長が嫌ですね」

「あぁ……意味解りましたわ……もしかして、姉貴からも？」

生徒会を続けようもんなら『え？　じゃあ生徒会長やるよね？』って空気が間違い無く出来上がりそうだ。姉貴にお願いとかされなかったのかな……Ｋ４の一員なら姉貴に頼まれたらころっと頷きそうなもんだけどな。や、俺の勝手な偏見だけど。

「打診はされましたが流石に……まぁ、直ぐに引いてくれたんで良かったです」

「……すみませんねうちの姉貴が。俺には日頃食い下がるどころか命令なんですけど」

どうやら甲斐先輩の触れて欲しくない部分だったらしい。先輩が生徒会長にならないって聞いて俺から『え？　ならないんすか？』なんて言おうもんなら不機嫌待ったなしだっただろう……危ねぇ危ねぇ。絶対キレたら怖いもんこの人。

「命令……コホン。と、ところでですね佐城君」

「はい？」

甲斐先輩の声色と空気が変わった。何故だか嫌な予感がした。

「その、か、楓さんなんですけど……家ではどのような感じなんでしょうか？」

「はい？」

思わず同じ返事を繰り返してしまった。質問の意味が解らない。や、何となく予想は出来てるかもだけど。ちょっと甲斐先輩にそういう〝気になるあの子〟的なイメージが湧かない。何この話題、掘り下げたくねぇ……。

「どのような感じってのは……？」

「へっ……!?　そ、そのですね……えっと、アレですよ、お家ではどのように過ごされているのかな、など……」

おい何だ、何だこれ。あれか？　甲斐先輩の姉貴に対する興味に付き合わされようとしてんのか。何で実の姉を使って余所の男喜ばせなきゃなんねぇんだよ。

や、まぁ、うん……実際のところ甲斐先輩には世話になってるけども……何でこう、評価上がりかけたところで自ら落としに来るかね。親切なのか面倒ごと運んでくるのかどっちかにしてくれよ。

「実はですね……」

「じ、実は……？」

「姉貴は元来、裸族です」

「ら、裸族……!?」

ちょ、あんまデカい声で叫ばないでくんないすかね。イケメンな眼鏡男子だからって何でも許されるわけじゃないんですよ！　ほら、近く歩いてる女子がギョッとした目でこっち見たから。

俺から小声にして、周りに目立たないように話を続ける。

「さすがに全裸とかじゃないですけど、姉貴がヤンキー時代に入る前は普通に上を着てなかったりしましたよ。その名残か、今でも家に帰ったら脱ぎ散らかすんです。キャミソールって言うんですか、ほぼずっとそんな感じです。暑いときはスカートくらい平気で放ってきますよ」

「す、スカートを！」

「声が大きいっ」

「あっ、ご、ゴホン。それで……？　続きを聞きましょうか」

「ええ……」

ヤバい甲斐先輩のイメージが。別に何の憧れも抱いていなかったけど、こんな話で鼻息荒くするとこ見たくなかった。何でこんなオープンスケベなの……俺にだけか？　それはそれでどうなの。恋愛対象の弟だぞ俺。夏川を前にした俺こんなんじゃないよな……？

「……まぁ、さすがに下はパンツじゃなくて短パン——や、親父が居ないってわかってたらパンツかもしんないっす」

「キャミソール……パンツ……⁉　佐城君の前でですか⁉」

「ちょっ、顔に陰作んないでくんないっすか。俺に圧かけたってしょうがないでしょ。今さら特に何も思わないっすよ。何なら俺が小学生の頃は完全裸族だったし」

「か、完全裸族っ……！」

しまった……！　何だかよくわからんパワーワードを生み出してしまった……！　見られていないとは言え実の姉の痴態を暴露してるのは良くない気がする。少なくとも姉貴にバレたらヤバそうだ。窓ガラス突き破って庭に放り出された挙げ句、観客からパイプ椅子借りて殴りかかってきそうだ。

「か、楓さんがそんな格好を……っ……！」

「や、そんな色っぽいもんっすかね。あんな格好でも普通に足蹴りして来ますからね」

「足蹴りッ……！」

「何で」

思わず素で訊いてしまった。今のどこに鼻息強くする要素があったよ？　何なら軌道修正しようとしてたんだけど？　いや、まだだ……まだ間に合う。甲斐先輩は決して変態なんかじゃない。きっと俺の勘違いなんだ。きっと甲斐先輩は純粋に姉貴の事を知りたいだけに違いない。俺の知ってる先輩はもっとまともな——

「ほ、他にはどんな……？」

もっとまとも、な……。

……大丈夫だよな？　別に今は姉貴の痴態について話してるわけじゃない。寧ろあの見た目さながら、家ではマジでヤンキーみたいなんですよって伝えているだけだ。うん、身内の多少の恥を晒すくらいはよくある話。きっと姉貴だってどっかで俺を下げる話をしてるに違いない。何も問題はなし。

「俺が生意気な態度を取ろうもんなら絞め技ですよ。二十回はタップしないと離してくれないっすね」

「離してくれないッ……はぁっ………」

あ、あれ……？　おかしいな……何か余計ダメな気がする。姉貴の肌色話は避けたつもりだけど。あれか、先輩の頭の中じゃもう姉貴はあられも無い姿なのか。そんな姿の姉貴が絞め技してんのか。そいつぁ確かにやべぇな。

「──あの、まぁ、そんなもんっすね。俺の前じゃ隠せない闘争本能──」

「ブハッ……！」

「ちょッ……⁉」

い、逝ったぁー⁉

姉貴の絞め技で鼻血ブーした経験なら俺もある。何ならトラウマのあまりそれを想像するだけでブーすることだって可能だろう。だけど甲斐先輩のブーはアウト。出血しながら恍惚とした笑みを浮かべてる絵面がもうアウト。

初めて見たわこんなの……もはや何かの歴史的瞬間に立ち会ったかのような感覚。どういった人体機能が働いたら鼻血に至るわけ……？　何かの防衛本能なの……？

「ば、ばえれふぁんがひへひゃほんなんなんへ……」

『楓さんが家じゃそんなんなんて』。多分そんなことを言いながら甲斐先輩はティッシュで鼻血を拭った。そんな姿すら様になっているのはイケメンだけの特権なのだろうか。俺はこの世の不条理を呪った。

「すみません佐城君――ちょっとトイレ寄って良いですか」

「これ置いてからで良いっすか」

腰で支えている段ボールの角が俺の股間部に食い込み始めている。甲斐先輩と違って興奮せずして前かがみになっている自分に虚しさを感じた。きっとこれは今年の中で最も無駄な時間になるだろう……そんな考えを皮切りに、俺が異世界に飛んだら何属性の魔法を使えるんだろうと、現実逃避に思いを馳せた。

明くる日の放課後、よりにもよって生徒会長こと結城先輩から直々のお呼び出しがかかった。校内放送で呼び出しとか悪質過ぎない？　しかも放送で『すまない』とか言わないで欲しいんだけど。古賀とか村田みたいな面食い痴女ガールズに血走った目で見られるから。

「くそっ、放課後まで付き合わされた……」

姉貴から「これからも頼むかもしれない」と言われ、本当に仕事を手伝ってやっているのは決して昼飯代が浮くからじゃない、うん……美味かったな。白米に乗っかってた黒い粒々、あれ何だったんだろ……良い感じのしょっぱさだったけど。

それでも放課後の時間が削られてしまうのは割と損した気持ちになる。部活をやったりバイトを続けていればたぶんそんな事は無いんだろうけど。一ノ瀬さんは今日もバイトなんだよな……上手くやっているか心配だ。様子を見に行ったりしたら爺さんにそのまま労働契約書でも持って来られそうだ。やめておこう……。

昇降口でスマホを触りながら靴を履き替える。学校帰りは帰りながらゲームやらまとめアプリを開いて適当に面白そうな記事を見つけるか、適当に楽曲でも聴きながら帰るのが日課になっていた。

「……ぁ……」

「ん？」

　夕方に差し掛かる前の中途半端な時間。疎らに帰って行く生徒に混ざろうとしていると、背後から何かを見つけたようなか細い声が聞こえた。普通なら気にせずに流すところ。けれども、この佐城イヤーが反応したからにはスルーという選択肢は無かった。

　背筋を伸ばし、自然な笑顔で振り返る。

「ご、ごきげんよう……」

「何でそんな口調なのよ……」

　ふんわりと挙げた右手は直ぐに行き場を無くした。これのどこが〝自然〟と言えるのか。空気を揉んでからＦＰＳプレイヤーに撃ち落とされたかのごとくダラリと下げると、夏川は呆れた顔をしつつもゆっくりと近付いて来た。近付いて来た……？　え、これはどうすれば良い……？　何か妙な気まずさを感じる。まるで告白して玉砕した相手と思わず鉢合わせてしまったかのような感覚だ。

……その通りだったわ。

「あー……いま帰り？」

「……うん。ちょうど終わったとこ」

「文化祭実行委員のやつか」

「そ。正念場らしいから」

「大変そうだな。夏休みからやってるのに」

「……うん」

「……？」


大変そうだな、なんて心からの労いも込めて言うと、夏川はどこか疲れた様子の顔になった。え、そんなに……？　話には聞いていたけど、一年生からそこまで負担を強いられる感じだとは思っていなかった。どこかで〝そんなにキツくない〟って聞いていた気がするけど違ったらしい。それでも、佐々木あたりが積極的に夏川の仕事を貰ってくれそうな感じはするけど。何だか心配だな……。

考えながら夏川が映る景色を頭の中の額縁に納めていると、ふとその美少女がフレームアウトした。ワンテンポ遅れて見回すと、袖を引かれる感触が。


「……ねぇ。帰ろ？」

「えっ」

放課後の学校、惚れた女の子に見惚れて注意散漫になった馬鹿の、すぐ左側から見上げて来る麗しい瞳。相変わらず見惚れてしまい、その美少女が夏川だと認識するのが遅れる。え、やだ、ちょ、うそ。なにその遠慮がちに甘える感じの仕草。え、「帰ろ？」っていうのは〝一緒に帰ろう〟って意味？　だよな？　間違いじゃないよな？　死ぬぜ、これ勘違いだったらショックと恥ずかしさで死ぬぜ。

「お、おぉ……」

あまりの不意打ちにちゃんとした返事が遅れてしまう。慌てて靴を履き替えて昇降口から出ると、油断した俺は今度は夏川より何歩も先を行ってしまった。何たる不敬……切腹して詫びる所存。

心中でキョドりながら立ち止まって待つと、靴を履き替えた夏川は黙って俺の横まで来て立ち止まった。

「その、ごめん」

「や、全然だけど」

ひえっ……夏川が横っ。圧倒的横っ。これはどういうことか？　つまり〝隣に居る〟ということ。二年以上の付き合いだというのに緊張してしまう。追い掛けて背中ばかり見てた記憶がほとんどだからか、こうして落ち着いて隣り合うことに全く慣れていなかった。

大丈夫か俺……汗臭くない？　息臭くない？　生きてて大丈夫？

　こうして二人になるのは夏休みの時の体験入学の日以来か……やばいぞ、何かしらの試練を与えられてる気がする。夏川の機嫌を損ねたら負けなゲームの始まりというわけだ。神よ、あまり俺を舐めない方が良い。夏川フリークの俺にかかれば横目でチラッと顔を見るだけで何を考えているかなんて余裕なのさ。均整のとれた横顔、少し汗ばんで首筋に張り付く赤みがかった髪――ちょっと待て、落ち着け。どこ見てんだ俺。こんな真横からマニアックな箇所覗き込んでんじゃねぇよ地獄に落ちろ。

　会話だ。会話をするんだ。

「……何か久々だな。こうして帰んの」

「……そうね」

「……？」

　疎遠になりかけの幼馴染みたいな言葉。今まででこのセリフを投げかけた事があるのは画面の向こう側の夏川似のあの子だけだった。まさかこうして本人に言うときが来るとは思わなかったぜ。

　ギャルゲの名ゼリフを決め込んだ満足感とは裏腹に、夏川のどこか上の空な様子に首を傾げてしまう。やっぱり疲れているのかもしれない。それなら下手に会話を盛り上げるよりそっと横を歩くだけで良いのかもしれない。何だったら俺が居ない方が疲れない可能性すらある。いつでも消える準備はできてるぜ！

「疲れてるな。無理してない？」

「ううん、そんなには。私、部活とかしてないから。圭に比べたらこんなの全然だと思うし」

「や、人によって習慣とかで負担に感じるレベル違くない？　芦田と比べたら主婦とスポーツ選手くらいの体力差は有んだろ」

「しゅ、主婦はやめてよ」

しまったつい。最近の夏川は妹の愛莉ちゃんを世話してるのがトレンドだから保護者的なイメージが強いんだわ。まぁ確かに、主婦と言い表すには夏川は運動神経良すぎか。芦田いわく、秘訣は愛莉ちゃんと遊ぶことらしいけど。心当たりあるな……下手に外を走るより疲れた記憶があるわ。

「でも夏川に掛かればほら。オリコン一位ばりの人気だから周りが勝手に助けてくれたりとかするんじゃないの」

「オリコン一位って何よ……でも、その……気に掛けてくれる子は居るかな……」

「佐々木とか？」

「佐々木くんに〝子〟って言わないから」

ちっ……佐々木が全く男として見られてない説あると思ったんだけどな。さすがにそんなわけないか。夏休みから一緒に仕事してるわけだしな、ああ羨ましい。

「佐々木くんは凄いな……教室でもやってくれてるから」

「ええ……あれほんとは駄目なんじゃねぇの？　『見るな』って言われたけど」

「本当は……うん。持ち出したら駄目なんだけど」

「……」

佐々木の様子に少し違和感を覚える節はあった。委員会の仕事が山積みだったとして、まだ一年生のあいつが書類を持ち出して片付けなければいけないほどかと。特別な理由でもない限り、あいつがそこまでやる必要性を感じない。

おまけにあいつは根が真面目な奴だ。持ち出し禁止の書類を持ち出している時点でそもそもがおかしい。何か、そこまで張り切る理由があるはず。

『――佐城、俺は本気で狙うぞ』

ふと、夏休み前に言われた言葉を思い出す。そもそも佐々木が文化祭実行委員になった不純な動機に紐づくもの。なるほど……何となく分かってきたような気がするぞ。たとえ少しのルールを破ったとしても、そこに大きな意味があるなら多少は犯す価値はある。

佐々木にとって、今回の頑張りはまさにそれだったわけだ。自分が身を削って頑張ることで、同じ立場であるパートナーはその分の仕事が減るわけだな。

偏に、夏川のためか。あいつめ、粋なことしやがる。

「――スポーツをやってるのは、芦田だけじゃないよな」

「え……？」

「佐々木。サッカー部の期待の一年だろ？　夏川にとっては相当な無理も、佐々木ならスタミナ的に軽くこなせんだろ。そのまま頼りまくって良いんじゃね？」

〝そんなに大変なのか。じゃあ俺が〟。

そう言えたら良いんだろうけど、本来書類は持ち出し禁止。佐々木も誰かに見られると困るって言ってたし、俺が手伝う事はできない。下手に手を出すより、佐々木みたいなハイスペックな奴に任せた方が丸く収まりそうだ。それにもかかわらず夏川が疲れた顔をしているのは少し気がかりだけど、まぁ佐々木なら謎の補正がかかってどうにかなるんじゃねぇの。ブラコンの妹が居るくらい主人公っぽい奴だし。

「そ、そんな他人任せなことっ……」

「他人任せで良いんだよ。それは佐々木だって同じこと。何で一番不慣れな後輩がそんな負担強いられてんだよ」

「それは……」

高校生。たった三年しか無くても、能力的に考えたら学年ごとの差はかなり大きいと思う。組織の空気感がどんなもんかとか、その運営の仕方とか、パソコンを扱えるかとか。この二年で培って来たものは俺ら一年坊主の比じゃないだろ。頼らない理由が無い。夏川はもっと楽しても良いと思うんだよな。

「あれだ。夏川はきっと無意識に〝お姉ちゃんモード〟になってんだよ。愛莉ちゃんを前にしたときみたいに、『自分がやらなきゃ』って思い込んでるんじゃないの」

「……」

「……あれ、夏川?」

急に黙られると怖い。よく考えたら偉そうに喋り過ぎたような気がする。機嫌損ねてないよな……俺が調子に乗ると碌なこと無いから。

恐る恐る、横を歩く夏川を見る。

「お、お姉ちゃん………」

やばい。

やや俯きがちに呟く夏川に思わず身構える。前にどこかのメッセージのやり取りで『お姉ちゃん』って言ってしまったときは。強めに『やめて』って言われたもんなぁ……聖女のような立ち居振る舞いとは裏腹にシスコン強めだから。俺に限らず、愛莉ちゃん以外の誰かからお姉ちゃん呼ばわりされるのは嫌なのかもしれない
「……おねえ、ちゃん……」

「あ、や、そのっ、ごめん夏川。言葉の綾っていうか、変な意味で言ったんじゃないから。夏川姉妹は永久に不滅です」

もう巨人軍レベル。否定の余地なし。二人の仲を引き裂く障害などこの世に存在しませんとも。街を歩けば二人揃ってスカウトされるから問題なし。

強ち本当にそうなりそうで怖いな……急に夏川がタレントデビューしてみろ。俺が本領を発揮するからな。定年迎えるまで貢いでやる。俺は夏川が輝いてるだけで生きていける。親泣かせの佐城とは俺の事だ。

「……もういっかい」

「え？」

……………え？

「夏川姉妹は永久に不滅です」

ワンモアタイム。まさか不滅宣言を二回もする事になるとは……どうやら茂雄から借り

た言葉はとてつもない魔力を秘めていたのかもしれない。よほど嬉しかったのか、夏川は頬を桜色に染めてリクエストして来た。はい、それじゃあ日本全国ご唱和ください。

可愛い。

「そ、そこじゃない……」

「え、違うの？」

ん、え、何で耳たぶ持っ――あてててて。

強過ぎない力で耳たぶを引っ張られる。控えめに言って最高。耳より鼻の下の方が伸びそう。このまま永遠に耳を摘まれていたい。

――ハッ、危ない。もう少しで姉貴に開かれかけたMの扉を夏川で全開にするところだった。あと一歩正気を取り戻すのが遅れてたらお金払ってたわ。冷静に考えて夏川に耳触られるとかヤバくね？　もう今日洗わない。

「ど、どの部分です？」

「も、もういいからっ」

「あ、はい……」

お、怒った……？　やっぱり愛莉ちゃん以外からの〝お姉ちゃん〟呼びは許してくれない感じか。優しく耳を引っ張られるだけなら許してくれなくても良いかもしれない。言うか

……？　わざと〝お姉ちゃん〟て呼べばワンモア耳たぶチャンスかもしれない。多分いま世界中で同級生の女の子に耳たぶ引っ張ってもらう方法を真面目に考えてるの俺だけだわ。

「……」

「……えっと」

ふと横を見ると夏川は顔を背けて向こう側を見ていた。髪の隙間から覗く耳や頬が真っ赤になっている。どうやらさっきの〝もういっかい〟は恥ずかしいリクエストだったらしい。これは堪らん。俺はこの感情をどうすればいい。今なら手からビームを放てる気がする。ここに誰も居なかったら空に手翳してた。

しかしここで平静を取り戻せるのがこの俺、佐城渉。よく考えたら夏川が可愛いのなんて常識だったわ。真顔で居られる。夏川の一挙手一投足で赤面する時期は既に中学で終えている。俺は紳士、俺は紳士——そう自己暗示をして夏川の恥じらう赤みを見て見ぬふりをする。

「話は変わるけど、年の差のある兄弟とか姉妹って良いよな。喧嘩とかしなそうだし」

「……え？」

「や、夏川と愛莉ちゃんを見てるとさ。言い合いになるとか考えられないから」

つい愛莉ちゃんを羨ましく思ってしまう。俺も姉貴と年が離れていたら絞め技をかけられた事のない半生を送っていたのだろうか……や、有り得んな。仮に今の俺がまだ小学生だったとして、ソファーのそばで四つん這いになって姉貴の足置き場になっている映像が浮かんだ。体格が無い分、余計に弱い立場になってた気がする。今が高校生で良かった……。

「で、でも……家じゃ叱ってばかりよ？」

「叱るってだけで凄い」

「え？」

姉貴に最後に叱られたのはいつだろう……いつだって俺の我儘を超えて来たのが姉貴だからな……あれは〝我儘〟っていうより〝我を通す〟って言い方の方が正しいか。俺の場合、叱られるんじゃなくて物理的に口を閉ざされたし。

そもそも俺ら姉弟は血縁的関係上姉弟ってだけでアレは〝お姉ちゃん〟って柄じゃないから。もはやその属性が無い。佐城楓というただ一つの存在だから。ゴジラと同じ。

「愛莉ちゃんが羨ましい」

「……っ……！」

溜め息の末、思わず本音がポツリ。一拍遅れて自分が小っ恥ずかしい事を言ったことに気付いた。ただしそれも夏川の前じゃ今更かと特に慌てはしなかった。怖くて夏川の顔見られてないけど。どうする？　気持ち悪そうに見られてたらどうする？

「──ね、ねぇ……」

「うん？」

「あ、あんたは、その──い、家じゃお姉さんとはどんな感じなわけ……？」

「えっ？」

え、お義姉さん？

なんて、そんなニュアンスなわけがなく。夏川からの問いかけについて考える。

家での姉貴との感じか……ん？　何かつい最近似たような質問をされたような記憶が。昨日の昼に甲斐先輩からされた質問と同じ？　え、ちょっと待ってそれじゃ夏川も甲斐先輩と同じで姉貴に興味津々ってこと？　う、嘘だろ……芦田だけじゃなく姉貴にも百合を発動できるっていうのか？　ここで昨日と同じように姉貴の女王様っぷりを答えたらどうなる……？　鼻血ブーか？　鼻血ブーしちゃうのかっ……⁉

「い、いやほら。姉貴のことは前に何度か話したじゃん？　あんな感じよ？」

「お、お姉さんの事じゃなくてっ……！」

「へ……？」

姉貴のことじゃない……じゃあ誰の事だ……？　え、俺？　俺の事を訊こうとしてんの？　夏川が？

はっはっは。そんなわけないだろ。夏川が家での俺の様子なんか気にするわけがないって。この二年以上もの歳月で俺に興味を持ってくれたのなんて出会った当初くらいだし。そもそも姉貴との話ったって何について話すんだよ。どの引き出しを開けても俺が組み伏せられてるんだけど。そんな話を果たして夏川が面白がってくれるかどうか……。

「わ、渉は……その、どんな弟してるのかなって……」

「おと──え？」

ん、んん……？　弟を……い、い、してる？

さっき俺が言った『お姉ちゃんモード』の対義語のようなものだろうか。なるほど……いや分からん。哲学かな？　何をもって俺は弟をしてることになるんだ……？　姉が居て、後は呼吸して生きてるだけじゃ駄目なん？　何か特別な事をしないと弟してることにならないの……？　上の兄弟に奉仕とか？　いやいや……姉貴に洗脳されすぎだろ。

や、でもまぁ確かに。自分が〝ちゃんと父親できてるか〟とか〝お姉ちゃんできてるか〟とかヒューマンドラマでよくあるもんな。ちゃんと引っ張って行けてるか的な。夏川はそういうところかなり考えていそうだ。

え、でもそういうのって上の兄弟だけじゃないの……？　弟って立場で何の責任も感じてないのってもしかして俺だけだったり？　愛莉ちゃんですら誇り持って妹やってたらどうするよ。あえてお姉ちゃんに甘えてます、的な。もしそうだったら人間不信になるわ、俺が。

佐々木の妹こと有希ちゃんはむしろ妹を辞めに行ってるよな……辞められるかは謎だけど。あ、でも一ノ瀬さんは結構考えてそうじゃね？　兄貴に彼女できちゃったもんな。今とかまさに妹としての立ち位置を探していそうだ。

探せ……俺と愛莉ちゃん、有希ちゃん、一ノ瀬さんの共通点は何だ。ブラコン——シスコン？　いや待て違う、断じてあり得ない。尊敬するだけならまだしも甘えるなどとは言語道断。「キモッ」なんて一蹴されるのがオチだろう。

「——俺……弟できてねっす……」

「ええっ……できてないってなに⁉　できないとかあるの……⁉」

弟たる資格とは。どれだけ考えても答えは見付からなかった。これはもう反省するしかない。自らの無知を恥じて、かつ恥を忍んで、夏川に教えていただくとしようじゃないか。意外と無関係な夏川の方が知ってるかもだし。

「弟とは何をするべきなのでしょうか」

「そ、そんなこと言われてもっ……！」

改まって訊くと、夏川は困惑しつつも何とか答えようとしているのか慌て始めた。正直すまないとは思ってる。いっそのこと理想像で良いから教えて欲しい。万が一でも夏川の弟になった日のために備えるから。

「え、えっと……！」

顔を真っ赤にして恥ずかしそうにする夏川。未だかつてこんなにも俺のために一生懸命になってくれたことはあっただろうか。文化祭実行委員会で疲れてるっていうのにこの仕打ち。俺は惚れた女に対していったい何をさせているのだろう。もはや罪悪感しかない。

「す、するっていうかっ……されてるっていうか……！」

「されてる……？」

されてる……受動態？　弟とは何かをされるものなのか。俺で言えば姉貴……そうだな、確かに何かをされた記憶しかない。いずれも全て痛みが伴っていた。おかげさまでその今までされた内容は余すことなく俺の脳に刻み込まれている。何だ、そう深く考えずとも俺ってば弟できてたじゃん。

そんなわけなくね？

「……例えば？」

「た、例えば!?　そ、その……」

痛みを伴わないと弟ができないとかどんな生まれ持った不幸だよ。今まで考えないようにしてたけど俺ら姉弟ってやっぱり異常なんじゃ……？　一ノ瀬兄妹や佐々木兄妹の問題は対岸の火事じゃなかったわけだ。このままじゃ他人の事を言えなくなってしまう。ここはぜひともご教示いただかねばっ……！

「——み、耳掃除、とか……？」

「耳掃除？」

なるほど、耳掃除……姉貴から耳掃除かぁ……。

鼓膜ぶち破られる気しかしねぇな。

耳掃除。もはやその響き自体が懐かしく感じる。誰かにしてもらうなんて小学生の時が最後だし。今じゃ風呂上がりに綿棒を突っ込んでホジホジするくらいだ。何なら耳かきすら使ってない。今さら使ってみろ、姉貴から「何勝手に使ってんの」なんて家族の共有財産否定説を突き付けられるだろう。

「うん。ないわ」

「え……!?　一回も!?　お姉さんに耳掃除してもらったこと無いの……!?」

「無いけど……」

「そんな……」

ありのままを語ると、夏川はショックを受けたような顔になった。可哀想なものを見る目を向けてくる。待ってくれ、今の話のどの辺が可哀想だったのかが分からない。俺って可哀想なの？

「あ、でも中学の頃——」

「え……⁉」

「あ、いや……」

ふと昔のエピソードを思い出して話そうとしたらぐっと顔を近付けて注目された。かつてないほど期待に満ちた目をしている。弟という立場とはいえ、俺が長男じゃなかったら堪えられなかっただろう、その小さな唇に吸い寄せられていた。

凄まじい食い付きだ。今ならワンチャン告ったら行けるのでは——馬鹿野郎っ……その思い上がりがどれだけの玉砕を招いて来たと思ってる！　自惚れてんじゃねぇぞ俺！

「中学の頃、姉貴から突然耳かき渡されて耳掃除させられた事はあったな」

「！！？」

姉貴がまだギャルなのかヤンキーなのか、とにかく一番やばかった時代。家のリビングでビクビク震えながら寛いでいた俺の前に、急に耳かきを持って現れた姉貴。逃げ場を失くしてソファーの上で固まる俺の膝に、金髪をバサッとなびかせて頭を置いて来た。こいつ、何を考えてやがる……そう戦慄する俺に言い放った姉貴の一言――〝よろしく〟。

俺は震える手で耳かきを手に取った……そこから先は恐怖のあまり憶えていない。

「わ、渉がお姉さんを……!?」

「やけに食い付くな」

「あっ……ん、んんっ……！　べ、別に何でもないわよ……」

「……言っとくけど、別に何も変なことは無かったからね？」

「そ、そんなの改まって言われなくても分かってるわよっ」

焦るような声で前方の宙を見上げる夏川。瞳を震わせながら何かを凝視している。それが俺の話に基づいた脳内再生でないことを願う。あまり興奮するなよ――可愛く見えるぞ。

「……そ、それで……？」

「うん……？」

「ほ、他には？」

「や、他にはって言われても……」

姉貴とのエピソードか……さっきも考えたけど姉弟らしいものはあまり思い浮かばない

んだよな。これをプロレス談議にするなら枚挙に暇がないんだけど。あまり夏川が面白いと思えそうなものは——。

「姉貴なぁ………」

「だ、だからっ……お姉さんの話じゃなくてっ……」

「え？」

「あんたが弟っぽい話！」

「へ？」

お、俺のことか……そうは言ってもなぁ。さっきの耳掃除のくだりみたいな仲良しこよしエピソードなんて俺と姉貴の間にはもう無いぞ……そもそも仲良いかあれ？　ほぼ命令だったけど。あ、そういえばまだ夏川と出会う前、珍しく姉貴が誕プレくれたと思ったらマッサージ本渡されて習得させられた挙句に実践したことあったっけ。あれなら——や、何か嫌だな。実の姉の肌触ってる話とか他人にしたくねぇわ。

ご期待に添えず申し訳ありません——そう謝ろうと顔を隣に向けると、視界いっぱいに期待の眼差しを向けて来る夏川の顔があばばばば。

「ちょっ、近っ、近い近い！」

「え——ぁ………」

いつものように見惚れるには俺のキャパを余裕で上回っていた。思わず仰け反りながら離れて言うと、夏川も少し前の自分の行動を自覚したのか、慌ててそっぽを向いて髪の毛先をイジり始めた。

「……」

「……」

夏川のわかりやすい動揺に俺の動揺も加速してしまう。恋愛対象として見られていなくとも、異性としては意識をされているんだと気付いてしまったからだ。そんないじらしい態度を取られると、報われるはずもない想いがまた湧き上がってしまう。

興奮は遅れてやってくる。至近距離だった時より少し離れた今の方が、よりさっきの光景が頭に強烈に浮かび上がった。つられて鼻孔をくすぐる香りまで想起された。男の性か、無性に目の前の女の子に触れたいという欲求に駆られる。思春期の自制ままならない野獣性を強く恨んで何とか堪える。最終的に俺の理性を繋ぎ止めたのは、生まれて十五年の月日と失恋の経験から養われた倫理観だった。

「……」

「……」

おっけー……オッケー、収まった。でもまだ夏川の方を見られそうにない。露骨に体を背けないよう地面を見つめてると、視界の端にもじもじする夏川の影が映った。可愛い。影の時点で可愛いとか何なの？　これもう神の所業だろ。

　ありえない可愛さを確認すると一気に動揺が収まってきた。夏川が俺とは一線を画す存在なんだと再確認できたのが効いたらしい。まさか自分が人の影の横に立つことですら見劣りするとは思わなかった。結論、夏川は女神。

「……えっと」

「う、うん……」

　ただの応答。頷くだけの声は動揺のせいか震えていた。客観的にこの状況を見る。ああ、いま俺たちは気まずくなってるんだと把握した。何て声をかければ良いのかわからない。でも、何か言わないと、この状況を動かすことはできなかった。

「心当たり、無いんだわ。だから、今度ダメ元で姉貴に訊いとく。俺の弟っぽいところ」

　俺と夏川の間にハプニングなんてものは無かった。そうやって、まるで何も無かったかのように振る舞う。ここで「顔、めっちゃ近かったね……」なんて改めて言葉にできる奴が居るとするなら自分の顔にかなりの自信を持ってるイケメンくらいだろう。大変お見苦しいものをお見せしました……。

「――じゃ、じゃあ、さ……」

「ん？」

「そ、そういうこと……されたことないなら……」

「そういうこと……？」

「耳掃除とか……」

「え……？」

予想外の言葉に夏川を見てしまう。夏川は伏し目がちにやや顔を赤らめていた。今までに見た事のない顔だった。どこに放たれているかもわからない艶っぽさが、味わったことのない刺激を俺に与える。目の前に居るのは確かに夏川なのかと、そう疑ってしまいかねないほどだった。

「わ、わたしが——」

夏川が何かを言おうとしているものの、受けた衝撃が大きすぎて直前の会話の内容が頭から吹き飛んでしまっている。何も考えられない頭のまま、ただ夏川の声を求めて耳を傾ける。

『あれっ……佐城？』

「………ん？」

少し遠くから聞こえた声。不快ではなかったものの、予想外の音が耳に飛び込んで俺の意識を現実に引き戻した。それと同時に把握する——今、何者かが夏川の美声を遮ったのだと。

ふざけんじゃねぇぞこの野郎と、異質な声の主を確認するべく向かっていた先を見る。目を細めて見ると、そこには俺を見て嬉しそうに手を振る軽薄そうな女がいた。あんなバンギャなやつ俺の知り合いに居たっけ……姉貴の知り合いか？

不審に思って顔の方に目を向けると、最初に既視感がやって来て一拍遅れて誰なのか把握することができた。

「……もしかして、ハルか？」

「おー！　そうだよ久し振りじゃん！　何だよ変な茶髪になっちゃってよー！」

「〝変な〟って……お前も髪長くなったな……金メッシュ入れたのか」

「今バンドやってるからね。その関係で」

「へぇ……バンド」

近寄って来たのは小中と同じ学校だった同級生の女。別にいつも一緒に居たとかじゃないけど、二年に一回くらいのペースで同じクラスになってた女だ。仲は普通で、悪くはなかったはず。背中を覆ってるギターケースの存在感が大きい。まるで亀の甲羅のようだ。見た目はかなりアバンギャルドになっていて、知らない関係だったら絶対近付かないタイプだと思った。

夏川は急に登場したハルの存在に戸惑っているようだった。夏川とハルは小学校が違ったし、中学でも同じクラスになったことは無かったと思う。これが初対面でもおかしくはなかった。

「確か……ヒロと同じ高校に行ったんだっけか」

「あー、うん。あいつなら野球やってるよ。相変わらず坊主頭」

「ほーん」

「〝ほーん〟て！　興味無さすぎ！　ウケんだけ——どぉ⁉」

「……？」

久闊を叙するとはこのことか。たいそうご機嫌な様子で俺の背中を叩いていたハルは、夏川に目を向けると素っ頓狂な声を上げてその手を止めた。バッと俺の方を見ると、さらに距離を詰めてきて両肩を掴まれた。

「ちょっ、佐城！　どういうことっ⁉」

「のわッ……⁉　な、何だよ⁉」

激しい追及とともにぐわんぐわん揺らされる。ツンとする慣れない香水の香りが俺の鼻を刺激した。夏川から伝わる柔らかい香りとは大違っ——おおお揺れる揺れる！

「あああんたっ……！　夏川さん追い掛けて鴻越に行ったのは聞いてたけどついに付き合えたの⁉」

「ばッ……⁉」

それはまさに爆弾だった。大爆発を起こして何もかもを木っ端微塵にするレベルのぶっこみ。こいつまじ何言ってくれちゃってんの……？　絶対に俺と夏川が付き合ってなかった場合のこと考えてねぇよな？

「良かったじゃん佐城！　あんたずっと恋い焦がれてたもんね！　いやー、何だかあたしも嬉しいよ！」

「ちょッ！　おいっ……！」

「ねぇ夏川さんどうなの佐城。束縛してない？　うわっ、間近で見るとマジで可愛いね夏川さん。肌のケアとかどうしてんの？」

「えっ……⁉　わ、わたしは……」

「やっぱ彼氏ができると良い感じになるわけ？　よく言うもんね！」

思い込みに思い込みを重ねたハルの言葉。勝手に実際と違う前提を作られて話が進もうとしている。しかも有ろうことかこいつはそのまま夏川にも絡みだした。

頭の中で何かが切れる音がした。

「――おいッ!!　やめろハルッ!!」

「ひっ……!?」

自分のものとは思えない、本気の大声が出た。我ながら凄い剣幕だったと思う。中学時代からの変貌で俺を圧倒したハルも、すっかり声変わりを終えた男の声に怒鳴られて縮こまってしまった。一瞬、何が起こったのかわからなそうな顔をして俺を見ると、次の瞬間にはハッとした顔になって気まずそうに、わかりやすく俺の顔色を窺い始めた。

「……えっと、もしかして」

「………」

今さら気付いてももう遅い。当然、俺と夏川は付き合っていないし、仲を突かれてその次には素知らぬ顔で会話ができるほど図太い性格はしていない。今後、夏川とどうして行こうかなんて明確に決まっていなかったし、もっとゆっくりと、ゆっくりと、細心の注意を払いながら進めていく必要があった。

「その、ごめん……」

とんでもないことをしてくれた。そんな怒りは怯えながら謝る声を聞いて霧散した。後に残ったのは、ゆっくりと大事に積み上げていたものが崩れ落ちてしまったかのような、そんな喪失感だった。

3章♥〈…………〉♥変わったもの

「——えと、ホントに………？」

「……付き合ってねぇよ」

「で、でも……」

夏川がすぐ横に居る状態での会話。まだ言うのかと思いつつも、足元に崩れ落ちたものは既にどうにもならない状態だった。もはや嘘を吐く必要もなく、半ばやけになった気持ちでハルの質問に答えた。

戸惑う目が俺と夏川を交互に捉える。懐かしい顔だ、考えてる事が手に取るように分かる。『じゃあ何で二人は一緒に帰ってるの？』、そんな顔だ。確かに高校生の男女が一緒に帰っていてまさか付き合っていないとは思わないだろう。だとしても、この女はもう少し後の事を考えて発言した方が良い。

「そ、そのっ、えっと……ぁ……」

気づかわし気に夏川が口を開く。だけど今はその優しさが邪魔だった。言葉を遮ろうにも何を言えば良いか分からなかったけど、逡巡の間に寄越した視線が合うと夏川は一歩後ずさって口を閉ざした。どうやら俺は普通の表情をしていなかったらしい。

ハルが齎した喪失感とは違い、夏川の反応は俺に冷や水を被せた。背中を巡る血液から冷たくなっていく。頭の先まで到達すると、込み上げていた激情は溶かされるように消えて行った。頭の上から蒸気でも噴いていそうな感覚だった。

激情に喪失感は含まれない。相変わらず俺の中に残ったのは空虚な穴だけだった。まるで温度を持たない俺に、パッと浮かんだ凍て付いた言葉を止める術は無かった。

「――俺たちはそういうの、もう終わってるから」

「ぁ……」

「え？　どういうこと？」

俺に限らず、夏川だって知っているはずのこと。だからと言って、易々とそれを言葉にするのは憚られるということくらい、デリカシーの足りない俺でも分かっていた。少なくとも言ってしまえば、今の関係を動かしてしまうから。それが分かっていながら、どうして夏川の前で言葉にしたのか。

他でもない、使い時だったからだ。

「友だち。普通の友だちなんだよ。もうそっからどうこうなるような関係じゃないから」

こんな事わざわざ説明するようなものじゃないのかもしれない。でも適当に誤魔化すにはハルはずっと応援してくれてた旧い友達だし、このまま黙って何かを変えようとしなかったら夏川から変に疑われていたかもしれない。今さら、まだ「夏川と付き合いたい」なんて思ってると捉えられたら困るんだよ。

「まぁ勘違いするよな。それこそ中学の時の俺を知ってるハルなら驚くと思うし」

「えっと……その、ごめん……」

「いや……まぁ、別に」

言葉とは裏腹に、あえて強い目を向ける。そもそも俺とこいつは気を遣い合うような仲じゃない。それこそ今で言う俺と芦田のような関係だ。視線と顔の動きで「行け」と目配せする。

「そ、そんじゃね」

「ああ……またな」

やっちまったと言わんばかりの顔のハルが俺の横を走って行く。タタタッという足音が遠ざかり、やがて聞こえなくなってから夏川に聞こえないように溜まりに溜まった息を吐いた。わざわざ夏川の顔色を窺う気にもなれない。

しばらくの間、前しか見られなかった。

◆

「……」

「……」

夕暮れだった。オレンジ色に染まる景色が嫌でも感傷に浸らせた。そもそもこの傷の痛みを噛み締めるには遅すぎる気がする。最後に夏川にフラれたのいつの話だよ……。

いっそのことハルにはこのエピソードで一曲作って欲しいくらいだった。

色々と諦めてから、大した覚悟も決めず夏川の方を向く。戸惑いに満ちて揺れた瞳と視線がぶつかった。

「その——ごめん、夏川。昔の知り合いがズケズケと……」

「あ、ううん……」

「じゃあ……行くか」

「……うん」

〝楽しい時間はすぐに過ぎる〟。〝つまらない時間は長く感じる〟。そんなナントカ理論を否定するかのように、無言の気まずい時間は一瞬で過ぎ去ろうとしていた。拭うことができない恋心だけがこの時間を加速させる。直ぐ先には、もう分かれ道が迫っていた。

「じゃあ俺、こっちだから……また明日な」

向き合って、最後に一言。

気の利いた言葉なんて思い浮かばない。頼むから早く返事を、声が発せられないならせめて頷くだけでも。そんな願い事が頭の中で繰り返される。一刻も早く足を動かす理由が欲しい。

好きなはずなのに、逃げ出したい。そんな天邪鬼な考えが、時間を追うごとに俺自身に器の小ささを突き付けてくるようで嫌になった。

耐えられず、夏川の反応を待たずに体の向きを変える。

「あ──ね、ねぇ！」

「！」

進み始めていた足を止める。大人しく流れに従ったは良いものの、動揺してしまう。

えぇ……呼び止められた？　何で？　この気まずさで何か話すことある？

改めて夏川が普通とは一線を画す存在だと認識した。少なくともこの状況で切れるカードは俺にはない。気の利いた返事も思いつかないまま、普通に訊き返しながら振り返る。

「ど、どした……？」

「あ、えっとっ……」

目が合うと、夏川はわたわたした動きになって恐る恐る俺を見上げた。

「そ、そのっ……さっきの、ハルさんって人……」

「……ハルが、どした？」

「えっと……」

訊き返すほど夏川は言葉を詰まらせる。手振りをしかけたような手が、何も表現することなくそっと下ろされた。彷徨った瞳がずっと揺れている。

「……なんでもない」

「……おう」

もしかして、気を遣われているのか。

そう思ってから気付く。もしかして、〝気まずい〟と思っているのは俺だけ……？

冷静になって考えればそうだ。夏川と俺はフッてフラれた関係。その間には一方通行でしかない想いがあって、勝手に惚れられた夏川が俺との関係を気にする必要なんか欠片もない。深い事なんて何も考えてなくて、俺がハルに振り絞って出した言葉も、ただの独りよがりでしかなかったのかもしれない。

……何かもう、駄目だ。早く帰ろう。

「じゃあ——」

「ま、待って……」

何で。どうして引き留める？

摘まれた袖と夏川を交互に見ながら、そう強く目で訴えかける。

俺と夏川はただの友だち。かつて俺はフラれたけど、夏川がそう望むならそう接しようって思ってる。取り憑かれるように周りが見えなくなった時期はあったけれど、それでも俺はもう十分に想いを伝える事ができた。だからこそ、夏川が用意してくれたこの距離感は満足どころか贅沢にも思えた。

……夏川はどうなんだ？　明確に拒絶せず、俺と半端な関係のまま居るのはただの優しさだけか？　少なくともそうしたのは、余計な波風を立てたくないとか、そんな感情から来たからじゃないのかよ。

それなら、今日はもうこのまま「さよなら」で良いじゃないか。明日またいつも通りの顔で会えば良いじゃないか。このまま顔を合わせ続けても、そうすればするほどただの友だちで居られなくなるじゃんか。

袖は弱々しく引っ張られている。それでも俺を引き留めるには十分過ぎるものだった。この手を振り払う勇気なんて夏川に惚れたその時から在りはしない。あの時に膨らんで、今でも胸に残り続けるこの感情は今となっては枷でしかなかった。

「わ、渉は――その、まだ……」

「……」

「………ごめん、なんでもない……」

「……」

そっと手が離された瞬間、ハッとする。気が付けば夏川を強く見つめていた。そんな俺を、夏川はどこか顔色を窺うように見ていたような気がする。もしかして、いま夏川を黙らせてしまったのは他でもない俺……？　まさか、睨みつけてたんじゃないよな……。

夏川から明確な気まずさが伝わった。これは俺との関係性に対する気まずさじゃない。どうすれば俺の機嫌を損なわないかという、〝怯え〟による気まずさだ。夏川の言葉を止めてしまった事により、結果的に俺が夏川をこの場に縛り付けてしまったかもしれない。

――何やってんだ俺……

分を弁えるなんて言っておきながら現状に甘えて、いつしか家にまで上がり込んだ挙げ句に怯えさせるというこのザマ。きっと、どこかで夏川に対する欲が出たんだ。だから、こんな顔をさせてしまった。

「――疲れてるみたいだし、この辺にしとこうぜ。立ち話をしても余計に疲れるだけだろ」

「……え？」

「ほら、愛莉ちゃんも待ってるだろうし」

「あ、うん……」

「……また明日な」

逃げるようにその場を後にする。引き留められる声は無く、当然、俺の腕を掴む手も無かった。足を動かせば動かすほど、胸の奥で暴れ回っていた後悔が落ち着いて行くのが分かる。ここまでの感情の起伏が激し過ぎて、何歳か老け込んだんじゃないかと錯覚した。

「……」

いつだったか、夏川から距離を取ろうとしていた。そうしたら芦田に良い顔をされなかった。夏川にとって俺は──佐城渉は一つの居場所なんだと、確かそんなニュアンスの事を言われたのを思い出す。

──まだそうか……？

騒がしかった馬鹿が鳴りを潜めて夏川の周りには人が集まるようになった。〝男の影〟が目立たなくなる事で、夏川に近付こうとする〝良い奴〟も現れた。しかも見た目だけなら憎たらしいほどお似合いに見えると来たもんだ。この辺なんじゃないのか……？　夏川が本来の夏川らしく居られるタイミングと、俺自身がもうこんな複雑な思いをしなくて済むタイミングは。

…………いや。

いや、違う。余計な事は何もしなくて良い。佐々木の件を筆頭に、既に夏川の頭角は現れ始めている。わざわざ俺が何かしなくても、夏川の側には勝手に人が集まって行く。夏川の居場所は増えていく。誰もが夏川を一人にしなくなったとき、夏川に俺を繋ぎ止めておく理由があるとは思えない。

「──あぁ……」

どうすれば、夏川以外の誰かを好きになれるだろう。

◆

「……あんた、何かあった？」

「あ……？」

「あ……？」

耳障りな声が聞こえた。この〝話しかけんじゃねぇ〟オーラが分からねぇのかと睨み上げると、鏡でも見たかのように鋭い目が返ってきた。

「……お前ら、喋って一秒もせずにメンチ切り合うのやめろ」

親父の一言で我に返る。目の前を見ると食事の風景が広がっていた。どうやら俺はいま夕ご飯に有り付いているらしい。ここまでの記憶が全くない。あれからずっと無意識に過ごしていたらしい。

「いや、無意識に口から出たんだよ」

「ガラ悪。思わず威圧しちゃったじゃん」

「反射で威圧しちゃうのどうなん……？」

不思議かな、最近は姉貴が四ノ宮先輩とどこか通じ合ってる理由が何となく理解できるんだよな。両方ともファンタジーな何かを持ってるから。実際、目の前の姉貴は俺の言葉を受けると張り詰めた気を霧散させた。それどうやってやってるの……俺ら家族に黙って修行でも積んでたんじゃねぇだろうな。

「で？　何かあったん」

「え、いや何で」

「や、あんたさっき生徒会室に居たときより明らかに何か違うじゃん」

「……」

珍しい。姉貴が俺の様子を気にするなんて……そもそもこんなに俺に関心を持つタイプだったっけ？　まぁ、確かに生徒会室に居たときよりテンション低いとは思うけど。心当たりなんて考えるまでもないし、それを隠せるほど器用でもないしな。

「まぁ、考え事」

「ふーん」

ふーんて。やっぱり興味ないのかよ。せめて夏川に話せるネタになるくらいのコミュニケーションは取ろうぜ。姉弟らしさゼロかよ。何かムカつく。こうなったら絶対話さねぇ。

「……」

「……」

……ホントに興味ない？　チラチラと視線感じるんだけど。徐々にまた妙なオーラを纏うのやめろよ、迷惑だろうが。なぁ親父——親父？　こいつッ……傍観決め込むつもりか！　おい、目ぇ逸らしてんじゃねぇぞ！　昔っから俺と姉貴の姉弟喧嘩、もとい一方的な蹂躙を止めた事ないよな！　もっと末っ子を末っ子待遇しろよ……。

上等だこの野郎。高校生の食欲舐めんなよ。さっさと食い終わって戦線離脱してやる。加齢に打ち勝ってみやがれ薄情親父め……！

「うぃ、ごちそうさん」

「は？」

「うぃ？」

締めの味噌汁をすすり切って席を立とうとすると、姉貴がこれヤンキーだろとしか思えないような声を発した。これは恐喝。強い言葉を使わなければ脅しにはならないと思っていやがる……物騒にもほどがある。

念のため目の前の皿を確認して残しているものが無いか確認する。確かに皿の中身は空っぽになっていた。姉貴は俺を虐めたい気持ちがあるのか、好き嫌いには異常な厳しさを発動する。人参、ピーマン、ゴーヤにチンゲン菜。無理やり食わされた記憶は数知れず。あれは注意するとかじゃない、マジで無理やりだった……。

「あんた、お替わりとかしないの？」

「はい？」

まるでいつも俺がお替わりをしているかのようなセリフ。あまりに当たり前のように言われて思わず混乱してしまった。あれ……言われてみればまだ腹八分目にも行っていないような……。あれ？　いつもお替わりとかしてないよな？　冷静に考えたら食事中に無意識になるなんて毎日の事だったわ。

「まだ味噌汁と米があるよ」

「あたし、ダイエット中なの」

「は？」

「ひぃ」

そんなキレなくても良いじゃない……。

どうやら俺のオネェ口調がよほど気に障ったらしい。そもそも姉貴に向かって体重を絡めた話題を出したのがアウトだったかもしれない。受験期に入って椅子に座ったままとか増えたからな。だからって体重計に向かってキレ散らかすのやめてくれよ。しかも頻繁に。マジで、電車の中で時々見る頭おかしいおっさんみたいだから。

「や、普通に満足だから」

「……」

早期撤退に限る。空のお椀にグラスを載せて、そこに箸をカランと——は？

「……」

「……姉貴」

「……」

片付けようとした平皿。その上に鎮座する豚カツが二切れ。節約しながら食えばご飯一杯くらいなら入る絶妙な塩梅。食べ切ったはずなのに、何故か俺の皿の上にそれがあった。

「肉まん食べちゃったから。もらってよ」

「じゃあ親父に――」

「もう年齢的に油ものはキツいっしょ」

「……ッ……」

親父ィッ……！

聞こえないふりを決め込む親父に容赦のない一太刀。何てことを……見ろ！　親父のやつ、テレビ見るフリしながらちょっと落ち込んでるじゃねぇか！　絶対傷付いてるよ！　そもそも親父たぶん豚カツ大好きだからな！　悪玉コレステロール大好物だから！

「それだけで食べられんでしょ。米も食ったら」

「……」

……とにかく逃がす気が無い事は分かった。何だ？　そんなに俺の悩み事を聞きたいってか？　随分と殊勝な事だなぁおい。ただの興味本位で聞いて良い事じゃねぇんだぞ。そもそも俺に躱された事が気に食わないだけだろこの姉。

とか考えながら米をお椀に盛る俺。本当に物足りなさを感じていたのが今回の敗因。次回の食事から反省点を活かしていく所存。

「それで……？」

「『続きをどうぞ』にここまで手間掛けられたの初めてなんだけど」

「で?」

「……」

悲しいのがこれでも成長した方だということ。少し前までなら「さっさと言えや」なんて言葉とともにテーブルの下で足蹴りして来るくらいにはストレートだったから。直ぐに足が飛んで来ないだけまだマシ。今後の課題は相手に選択肢を与えることだな。相手を蹴らないことは優しさじゃないのよ? 常識なの。

とはいえどうする。姉貴にさっきの件を赤裸々に話すとか死んでも嫌なんだけど。あれだな、そもそも馬鹿正直に言う必要はない。適当に誤魔化して喧嘩の必勝法でも教えてもらうか。それかきっぱりと話せないっていう説明するか。

「いやほら、ここで言っても仕方ない事だから」

「は? 何それ。学校のこと? あたし副会長なんだけど?」

「や、学校っていうか――ん?」

……ちょっと待てよ? 姉貴……姉貴か。この際だから説明という名の文句の一つでも言わせてもらうか。姉貴が姉らしいことして来なかったせいで夏川との話も兄弟トークもままならなかったところあるし。最近はヤンキー期も過ぎて少し大人しくなって来たからな。この辺で今までの振る舞いを悔い改めてもらおうじゃないか。

「あ、あれだよ。学校で会話に付いていけなかっただけ」

「はぁ？　何それ……気にして損した。ただのコミュ障じゃん」

「失礼な。あながち姉貴が無関係ってわけでもないんだぞ？　兄弟トークだったからな」

「は？　兄弟トーク……？」

「そうそう。家庭内での立ち位置的な話でさ、兄貴として弟にどうとか、姉として妹にどうとか、どこも和気藹々（わきあいあい）としてごちそうさまって感じだったつの。わかるだろ？　俺がその輪に入れなかった理由」

今さら「優しいお姉ちゃんになってください」とか思わないけどな。なられても困るし。いい加減暴力に訴えかける時期も過ぎたし、何なら今が丁度良い感じすらある。ただ今までが酷（ひど）過ぎた。笑い話として話したのにウケた試（ため）しがない。

「……」

今だ。

変な顔になって黙り込んだ姉貴の隙（すき）をついて残りをかっ食（く）らう。口の中にパンパンに詰め込むとお茶を少しずつ含んで喉（のど）の奥に送った。

「――ごちそうさん。俺、部屋に居っから」

眉間（みけん）にしわを寄せて固まった姉貴を尻目（しりめ）に離脱する。箸の進みが遅い親父から「お、置いていくのか……？」という視線を感じた。偶には娘と二人きりも悪くないだろう。そう俺的ニヒルな笑みを返し、ミッションコンプリートを果たした。

◆

「……ん？」

部屋の扉を叩く音が聞こえる。うすら眼で辺りを見回して、ようやくゲームをしながら頭が船を漕いでいることに気付いた。ゲームをしてるうちに満腹感で寝落ちしかけていたみたいだ。

目を擦って立ち上がったところで違和感に気付く。ノック……？

そもそも俺を訪ねるのにわざわざノックされたことがない。お袋は俺を呼びながら普通にドアを開けて来るし、親父はそもそも訪ねて来ないし、姉貴はそもそも視界に入らないものに興味を示さない。だからこそ自分の部屋はある意味避難場所でもあるんだけど……。

「なに。誰」

『あたし』

何で。

ええ……怖いよ。何で訪ねて来たんだよ。長年かけて定着した暗黙の了解がさっそく崩れかけてんだけど。何だよ、避難シェルタージャなかったのかよこの部屋。避難シェルタージャなかったわ……ただの部屋だったわ。

「え、なに。怖い怖い怖い怖い」

『は、はぁ？　怖くないし――ちょ、開けろ』

怖すぎてドアに手を添えた瞬間、ドアの持ち手が下に傾いた。驚いて押さえると、姉貴の焦ったような声とともに加わっていた力が無くなった。どうやら無理に押し入る気は無いらしい。数年前の姉貴だったら蹴破ってたところだけど……。

乱暴しないなら、まぁ……なんて感じに素直に開く。ビクビクしながら部屋の外を見ると、姉貴は面倒そうな顔で俺を睨んでいた。何だよその感じ……面倒なのはこっちだよ。

「入るよ」

「ちょ、姉貴……」

立ち塞ぐ俺をお構いなしに入って来る姉貴。胸で退かされると、姉貴は部屋の真ん中まで進んで周りを見回すと俺のベッドに腰かけた。ええ……何なの？　風呂上がりでしっとりした感じの姉貴が俺のベッドに腰かけてるとかどういう光景だよ。結城先輩に写真送ったら昼飯をグレードアップしてくれそうだ。や、それを差し引いても気分が良いものじゃない。何の用か知らないけどさっさと追い出して——おい、部屋の中じろじろみるんじゃねぇよ。

「……何この座椅子」

「う、奪わせんぞこれだけはッ……！」

「取らないし」

姉貴が注目したのは俺が自分で改造したお手製のゲーミング座椅子。これは俺がこだわりにこだわり抜いた一点ものだ。原型は丸いミニソファ。これだけは姉貴に奪われるわけにはいかない。拾い上げた姉貴から奪い取って庇うように抱き締めると、姉貴はバツの悪そうな顔になってまたベッドに腰かけた。いや、出て行ってくれませんかね？

「……何の用だよ」

「……なに、随分と威勢良いじゃん」

「俺の部屋だっつの」

自分の居城で威勢良くしたら駄目なのかよ。不満たらたらな気持ちで姉貴を見下ろす。挑戦的な目で見て来る姉貴に負けじと目を逸らさずにいると、さっきも見せたような気まずい表情を浮かべてふい、と顔を背けた。

「何なんだよ……」

「うっさい」

「蹴るな」

しつこく訊くのが気に食わなかったのか、姉貴は座ったまま俺のふくらはぎ辺りを目掛けて足払いを仕掛けてきた。長年の経験を活かして避けると、舌打ちとともにまた顔を背けられる。

「……んで、どうしたんだよわざわざ。いつも用事があるときはメッセージとかだろ」

「や、その、だから……さっきの」

「さっきの……？」

「学校で兄弟の話をしたとかってやつ」

「ああ、それが？」

口籠りつつも説明されたのは、先ほど俺が食事中に話した偽物の悩み。実際は今さら姉貴との仲なんて何とも思っていない。可能なら夏川とチェンジしたいってだけだ。まさかこんな悩みにも至らない話を本気で真に受けたわけじゃないだろうな……。

「あんた、学校でいつもそういうこと話すわけ？」

「や、別に？　偶然そんな話になったくらい」

「でも、他の家とは違ったたって」

「……？」

え、もしかして本気で気にしてる？　冗談だよな？　〝よそはよそ、うちはうち〟の権化みたいな姉貴がそんな世間体を気にするみたいなこと言うか？　気にしてたらそもそもあんな金髪ギャルみたいな恰好しないだろ。

「――まぁ、そりゃちょっとは違うんじゃねぇの？　どっちかと言えば仲はそんなに良くないじゃん」

「は？　今こうして喋ってんのに？」

「……ま、姉貴には理解できないだろ」

「……」

俺の悩みは嘘として。俺と姉貴が世間一般、普通の姉弟じゃないのは本当の事だろう。夏川姉妹は喧嘩したりしないし、佐々木兄妹は有希ちゃんの歪んだ愛情を除けば普通に仲良いし、一ノ瀬兄妹は何だかんだ年の近い兄妹にしては一番まともに尊重し合ってる。共通点はその間柄に乱暴な要素が無いという事。末っ子がここまで我が儘を言えなかった家庭なんて家くらいだろう。

「え、気にしてんの？　それ」

「は？　や、別に……」

「じゃあ何なんだよ」

「それは……」

どうも姉貴の歯切れが悪い。そんな反応をされるとどこか期待してしまうな。本当に反省して「今まですみませんでした」と頭を下げるなら今までの痛かった記憶も全て水に流してやろうじゃないか。

「……あのさ」

「うん……？」

「ウチら……仲悪いんだ？」

「えぇ……今さら？　まぁ最近はともかく、今までを総合的に見たら仲悪い姉弟じゃねぇの」

「〝最近は〟……？　最近のあたしら、仲良いっけ？」

「や、そもそも普通の姉弟自体お互いにそんな干渉しないだろ。こうして普通に会話してる分、仲良くなくとも〝普通の姉弟〟なんじゃねぇの？」

「じゃあ、仲悪いってのは？」

「普通の姉は自分の弟をボコボコにしねぇよ。仲悪いだろこんなん」

「……」

今までよくもやってくれたな？　そんな思いを込めて吐き捨てるように言ってやる。き、気持ち良ぃ～……！　まさかこうして姉貴を言葉攻めできる日が来るとは思わなかったぜっ。反省しろ反省。

「そう……それで？」

「あん？　それでって？」

「だから……ほかの家はどうなん。こんな感じじゃないの」

「は？」

思わずそんなわけねぇだろと言わんばかりに姉貴を見てしまう。凄い目をしてたのか、姉貴が怯むように仰け反って後ろに手を付いた。やめろ、これ以上おれのベッドに触れるんじゃない。

「少なくとも、こんな険悪な雰囲気じゃねぇだろ。もっと笑って会話とかしてんじゃねぇの」

「……険悪？」

「わからんか？　俺の顔見てわからんか？」

逆にこのやり取りが和気藹々に見えるなら病院に行った方が良い。十五年以上も姉弟をやっててここまで価値観に差があるならもはや手遅れのような気がする。そもそも姉貴が姉としての自覚を持って今まで生きてきたかどうかすら疑わしい。

「俺らみたいな姉と弟にかかわらず、大抵のキョーダイは何年もかけて自分たちの関係性というか、雰囲気を固めていくわけよ。だから片方が多少のやんちゃをしようが納得できるし、別に許せるだろ。今さらそういう雰囲気について言葉にしてもらおうってのはどうなの」

「……」

中高生でめっちゃ仲が良いなんて事はそんなに多くないだろうけど、普通はお互いに分かり合ってる何かがあるだろ。俺は俺なりに姉貴の性格とか行動パターンを把握してるけど、反対に姉貴が俺の何かを把握しているとは思えない。お構いなしに女王様のような振る舞いをしていたような印象だ。

「じゃあ……どんな事やって来てんの」

「え？」

「これまで……そいつら」

仄かな敵意のようなものを感じる言葉。見ると、姉貴は不貞腐れたように自分の膝を見つめている。珍しい光景だ。いずれにせよあまり良くない予感がする。エマージェンシー、エマージェンシー。ここからは慎重に言葉を選ぶように。最近は鳴りを潜めているとはいえ、迂闊な発言をして怒らせれば強烈な一撃が飛んで来るだろう。

「これまで……えっと。そっすね……」

「……」

いや、そこまでは……。一般家庭の姉弟がどんな関係性かなんて知らねぇよ。どんなやり取りしてんの？　笹木姉弟は年近いけどあれは精神年齢とか体格の違いで参考にならないし。かと言ってベタベタするほど仲良くしてるとも思えない。そもそも兄弟とか姉弟の関係性に差とかあんの……？

『――み、耳掃除、とか……？』

――あ。

「耳掃除とか？」

「は？」

「は？」

なに言っちゃってんの俺？　思わず言った後に自分で訊き返しちゃったんだけど。少なくとも姉貴にそれはなくない？　ブラジリアンワックス案件だからそれ。変にその気になられたらどうすんだよ……。今日の姉貴奇想天外だから……や、まさか……ね。

「……シてんの？　他のキョーダイ」

「まぁ、して来たとは聞いてるけど……」

シてんの？　じゃねぇよ。何だよその訊き方と空気感。耳掃除とは別で意味深なニュアンス孕んでる気がするんだけど。断じて変な事はしてないだろうよ。ていうか俺の身近なサンプル夏川姉妹なんですけど。代表例がぽわぽわし過ぎだろ。

「……まぁ、そういう意味じゃ俺も姉貴にしてやったことあるか」

「は、はぁ⁉　いつ⁉」

「いや、何年か前にまだ金髪だった時。急に耳かき持って俺の膝に頭乗せて来たこと──」

「お、憶えてないし！　憶えてない！」

「ちょ、待っ──枕投げんな！」

何を焦っているのか、感情的になった姉貴が俺の枕を引っ掴んで飛ばして来た。俺の夜のお供に何てことを……ていうか今さら黒歴史扱いか？　当時の俺の複雑な思いがわかったか。実の姉に耳掃除するむず痒さと恐怖感。失禁の可能性すらあった。

「……それ、逆じゃないの。フツー」

「いま気付いた？」

姉貴、姉の自覚。苦節十五年。今まで長かった……。

「それに加え今まで姉貴の命令という名の我が儘にどれだけ応えて来たか……弟ってか兄貴なんじゃね？　俺」

「は？　調子乗んな」

「じゃあ姉らしいこと何かしたか挙げてみろって」

「ぐッ……！」

煽ってやると、姉貴は悔し気な顔になって俺を睨みつけた。お、おい、何だよその今にも暴れだしそうな右手を必死に左手で押さえて止めてる感じ。怖すぎるんだけど。魔王の力でも封印されてんのか。悪鬼に襲われたら覚醒しそうな素振りするなよ……。

「……もういい」

「え？」

「もういいっつってんの」

「ほぶっ……⁉」

姉貴に訊き返すと顔面に柔らかくも重い一撃が降り掛かった。This is 枕。今日一の被害者はこいつかもしれない。何であんな掴みざまで的確なコントロールで投げられるの？視界を奪ったそいつがポトリと床に落ちた時には、既にそこには姉貴の姿はなかった。

戦闘のプロかな……？　何でいちいちファンタジーな動きするわけ？　ちょっと弟にも伝授して欲しいんだけど。

朝になるとハルとヒロから久しぶりにメッセージが来ている事に気付いた。ハルからは【無神経なこと言ってごめん】という顔文字やスタンプ一切無しのガチ謝罪文、ヒロもハルに代わって謝るような内容だった。待って、ヒロは何故？　そこはかとなく〝彼女に泣き付かれた彼氏感〟があるんだけどそーゆー事なの？

坊主頭の根っからの球児がユニフォーム姿で謝る姿を想像するとめっちゃ誠実な感じがする。偏見だけど野球部って良い奴か悪い奴の両極端しか居ないイメージだわ。普通の奴が居ないというか。

「──あ！　おっはよーさじょっち！」

「はよ、芦田。朝練終わり？　ヤベーな」

「いや、別にヤバくはないけど」

昇降口前で芦田に遭遇。朝っぱらからバレー部の『一汗かいたぜ！』感を見せ付けられると何だかのんきに歩いている自分に気が引ける。普通に登校して来ただけなのに謎の罪悪感が湧いて来るんだけど。まるで俺の生活リズムが不健康みたいな。

「昨日はメッセしてなかったねー。部活終わりに通知が何も無いとちょっと寂しいよー」

「あーっと……忙しかったんだよ。ほら、夏川も最近はそんな感じだろ？」

「ふーん……？　──あっ、噂をすれば！」

「……！」

芦田の声にドキッとする。この嬉々とした反応……確認しなくても夏川だと判った。昨日は会話を断ち切って振り切るように別れたから中々の気まずさがある。だからって芦田の前で変な雰囲気になりたくないから、普通を装うことにした。

「おっはよー愛ち！　抱き着いて良ーい⁉」

「おはよう圭。暑いからやめて」

「おはよ、夏川」

「おは──ぁ……」

夏川の俺に対する気まずさ考えてなかったわ。

まずい、目に見えて顔背けられた。めっちゃ気まずそうなんだけど。や、落ち着け俺……気にすんな、いつも通りにするって決めただろ？　気にしない気にしない……夏川の目を気にしたって何の意味も無いんだから。迷惑だけかけなけりゃ良いんだ。

「……？　二人とも、何かあった？」

「え？　い、いや？　何も？」

芦田の鋭さにビビって吃ってしまった。何で初手でそこを突けるの？　ふつう最初は何かおかしい感じがしても様子見しないものかね……。芦田の凄いとこってコレだよな。感覚で核心に辿り着けちゃうタイプだわ。探偵の天敵みたいな存在。ダークモカフラペチーノの名に懸けて事件解決しそう。

「暑いし、さっさと教室行こうぜ」

「もう慣れたよー」

「ヤベーな」

「ヤバくないし」

「……」

視界の端から妙に窺うような視線を感じる。気付いていないふりをするのが難しい。まさか、俺より夏川の方が気まずそうにするとは思っていなかった。ここはさっさと教室に行くのが吉。夏川から積極的に離れようとするなんて今までじゃ考えられないな……。

「さじょっちだって少し前まで走ったりしてたんでしょー？　暑い季節こそ絶好の機会なんだし、また始めりゃ良いじゃん。慣れるよ？」

慣れねぇよ。そもそもあの時は単に夏川から好かれたくて自分磨き(みが)のために色々トレーニングしてただけだから。

「何の絶好の機会だよ。大体、あの時はそれなりに目的があって走っ――……え？」

言いながら靴箱(くつばこ)を開けると、何かが足元にポトリと落ちた。そもそも靴以外の物を入れているはずがなく、不思議に思って確認して、固まる。

「ほぇ……？　何かさじょっちのとこから落ちて――ん!?」

「……え――」

「……」

「……」

「……」

とにかくヤバい事は分かった。落ち着け、迂闊に騒ぐのはやめよう。客観的に状況(じょうきょう)を整理するんだ。そう、客観的に。

靴箱開けた。なんか落ちた。明らかに何かの手紙。落ちざまに見えた可愛(かわい)らしいピンクのシール。やや丸い筆圧の優しい字――『佐城(さじょう)くんへ』。

「おおお俺にラブレター!?」

「おおお落ち着いてさじょっち！　これは誰(だれ)かの罠(わな)だよ！　きっとみんなでさじょっちを

陥れて笑い者にしようとしてるんだよ！」

「何でそんなこと言うの……!?」

「あっ……!?」

真正面からラブレターの存在を否定された悲しみよりも興奮が勝った。ツチノコにでも出くわしたかのような感覚だった。マジで。その辺に木の棒が転がっていたら突いていたかもしれない。メンタルという肉を切らせて忘我という名の骨を断ち、芦田が動き出す前にすかさずソレを回収した。

「——さ。行こう」

「ちょっ、それはなくないっ……!?　何しれっとポケットに仕舞い込んでんの!?　めっちゃ気になるんだけど！」

「いや、ほら、これ俺宛だし？　重要な文書とお見受けしました。後でしっかり目を通しておきます」

「嬉しいの隠しきれてないし！　どんな内容なんだろ！　どんな内容なんだろ！」

「二回も言うなよ。いや見せないからな？　これ俺宛だからさ、俺しか見ちゃダメなやつなのわかる？　墓まで持ってく所存なの。骨と一緒に埋まるからコレ」

「うぅ～……！」

これはヤバい、口角が上がるのを止められない。ふへへへっ。マジでこれラブレター？　人生で初なんだけど。これはいよいよモテ期が来たに違いない。確かにちょっと古典的な方法かもしれないけど寧ろこっちの方が嬉しい。誠実な性格がよく出てるわ。はぁー、どんな可愛い子がくれたのかなっと。

「さぁーじょっちぃー……」

「やめろー？　駄々をこねてもどうにもならないぞー？　袖引っ張んな……よ……」

じゃれつくように揺らしてくる芦田を躱すべく振り向くと、そこには今のところ口数の少ない夏川の姿。さっきまでの気まずそうな視線とは違って、何かをおねだりするような視線をまっすぐ俺に向けている。目が合ったというのに逸らされない。

う、うおおおおおっ……！　夏川に見られた！　夏川に見られた！

え、何このショック。芦田から見られたのと違って凄く何かを失ったような喪失感が……まるで好きな人の前で他の女とイチャイチャしてるとこを見られたかのような感覚だ。

——その通りじゃね？

内なる俺からのツッコミ。ほぼ似たようなもんだったわ。何で惚れてる夏川の前で他の女子からのラブレターかもしれない手紙にうっきうきになってんの？　もしかして今の俺かなり軽薄なのでは……？　自分に告白して来たことある男子がコロッと他の女にデレデレしてるのと大差ないのでは……？

……いや、よく考えろ。これはいつか通る道。俺が夏川への想いを吹っ切ることができたとして、次の恋愛に進むときに夏川の気持ちをわざわざ考えるだろうか？　否——他でもない俺が前に進むために、その時は夏川の複雑な思いすら断ち切る必要があるだろう。そして、いま懐にしまってあるラブレターこそがまさに〝次の恋愛〟かもしれないのだ。

気にするな！　気にするな俺！　明るい未来のために、今こそ夏川のベリーキュートな視線を掻い潜るのだ……！

…………つらいよう。

◆

ある意味での死線を掻い潜り、何とか教室まで辿り着いて落ち着こうとするも、後ろの席の芦田がやたらと騒がしかった。

『見た？　見た？』の追及が激しい。小声で囁かれたり丸めた紙の切れ端を投げ込んで来たり後ろから椅子の座面裏を蹴られたり何なのこいつ俺に興味あり過ぎじゃね？　あれか、女子特有の恋バナ大好物のやつ発動しちゃったか。そもそも何でこいつは内容を教えてくれると思ってるんだ？　お前のせいで見られねぇんだよ！

「……」

隣の席で読書中の一ノ瀬さんからこちらを窺うような視線を感じる。夏休み前と違って露骨に迷惑そうな視線を向けることができないんだろう。「あの……申し訳ないんですけど、静かにしてくれませんか？」ってニュアンスの目をしてる。本当にごめんなさい、直ぐにこのアマ、黙らせますんで。

「じゃあ、そろそろ席替えしよっか」

「えー⁉」

「よっしゃ来たー！」

「やったー！」

覚悟を決めた瞬間、我らが担任から天啓かのような一言が告げられた。

ナイス大槻ちゃん。やっぱできる教師は違うわ。生徒の気持ちに寄り添うことができてる。今度のテストは任せろ。クラスの平均点に貢献してやる。

「えー？　席替えー？」

「嫌なん？　わくわくするじゃんか、席替え」

「だって……だって」

「何だよ……さっきのがそんなに気になるのかよ」

「それも気になるけどー」

「……は？」

いかにも不満です、という顔の芦田。このラブレターを確認するチャンスを逃（のが）すことがそこまで不満かと思ったら、どうやらそれだけじゃないようだった。

「あとは何だよ」

「何でもないよーだ。ばーか」

「なっ――あてっ」

相変わらずのぶっちょ面の芦田から肩（かた）をぺちりと叩（たた）かれる。不思議と怒（いか）りは湧かなかった。

◆

『テンプレ』。本当の意味がどうかは知らないけど、俺のように漫画（まんが）やゲーム好きの高校生にとっては〝定番の流れ〟みたいな意味合いの言葉だ。一般的（いっぱんてき）には同じような手順や設定が使い回されてマンネリ化するものがほとんどだけど、中には〝完成されたパッケージ〟

へと進化して良くも悪くもそれが様式美になったりするものもある。

それが現実になって見えてしまうと、もう運命ってやつを信じるしかなくなってしまうわけだ。ジャンケンは提案した奴が負けるし、勝負の前に油断してる奴は負けるし、押すなって言うと押されるし、方正(ほうせい)は年末にビンタされる。

いつも在るものは必要なときに限って無かったりするし、逆にこの前まで欲しかった物が要(い)らなくなったときに限って手に入ったりする。ガチャに多い。

——それと同じように、顔を合わせたくないときに限って鉢合(はちあ)わせてしまったりするのがテンプレなんだよなぁ……。

「え⁉　佐城くんの後ろ夏川さんなの？　良かったじゃん！」

「前は『離れたなー』なんて思ったけど、やっぱ佐城の執念(しゅうねん)ってヤバいよなー」

人聞き悪くね？　何てこと言うんだよ相部(あいべ)と松田(まつだ)。

けれど、そう言われるのも仕方のない話だった。外野が俺と夏川の今の関係性なんて知っているわけが無いし、春先に大暴走する俺を面白(おもしろ)がってた第三者からすればこの組み合わせはもはやネタでしかない。生暖かい視線すら感じる。もはややめてくれと言って止まるようなものでもない。

「……その、よろしく」

「う、うん……」

席替えのくじ引きの結果、俺は中庭側の窓際、後ろから二番目の席に移動する事になった。「よっしゃ、やったね！」なんて思いながら教室のど真ん中になった芦田の泣き真似を振り払って移動すると、その席の後ろには炭色の岩壁から顔を覗かせるダイヤモンドのような輝きを放つ夏川が座っていた。ごめんな、周りの岩壁たち。

俺と夏川の登場を勝手に盛り立てる周囲。少し前まで心地良さまで感じていたその言葉たちは、今や俺の口から愛想笑いを召喚する魔法の呪文でしかなかった。

改めて席に着いて周りを確認する。教室のど真ん中になった芦田はヤダヤダなんて言ってた割に早速周りのみんなとウェーイしてる。素でああいうノリができるのは羨ましい。俺も頑張ればあのノリに付いて行けそうだけど、それでも一緒に馬鹿できる奴に限られるな……まぁ、普通そんなものか。

ぐるっと他も見渡すと、廊下際の後ろから二番目に一ノ瀬さんが座ってた。あの席も良いなぁ、一ノ瀬さんよく本読むし、あの席は落ち着けそうだ。でもさっそく話しかけられてわたわたとしてる。可愛くなって接しやすくなった一ノ瀬さんが悪いな、うん。可愛いのが悪い。

「――ね、ねぇ……」

「！　な、なに……？」

新しい席から新鮮な気持ちに浸っていると、後ろからボソッと小さな声で呼ばれた。佐城イヤーが機敏に感じ取っている。どれだけ小さな声であろうと、俺が夏川の声を聞き逃すはずがなかった。

「さっきの……読んだの？」

「……や、まだ。芦田がうるさかったし」

「……そうみたいね」

どうやらさっきまでの芦田との一部始終を見られていたらしい。俺たちのやりとりが気になったからか、単に視界の端でわちゃわちゃとする様子が目立ったからか。いずれにせよ不意打ちすぎる。夏川から急に「見てた」なんて言われたらもうラブレターどころの騒ぎじゃない……好き。

「その……み、見たら？」

「……覗き見しない？」

「し、しないっ。しないわよっ……」

「……わかったよ」

スッ……と素直に夏川の言葉を受け入れられるのが芦田と違うところ。不思議と夏川なら盗み見をしないと信じられる。普段の行いの差が出たな芦田。もっと夏川を見倣いたまえ。や、まぁ、惚れた相手という補正も入っているんだろうけど。

「んじゃあ——」

「佐城くんも宜しく～」

「ダスッ⁉」

「え、出す？」

そっと胸ポケットから例のブツを取り出そうとすると、前の席になった岡本っちゃんが突然身ごと振り向いて来た。今の今まで前の席や横の席と挨拶していたらしい。変な掛け声と一緒に抜き出した手で机を殴ってしまった。

「ああいやッ、うん、何でも。宜しく、うん」

「宜しくね。あ、夏川さんだ～、近くになれて良かったね佐城くん」

「うっ……そだな……」

あ、これダメだと思った。俺の夏川好きが周知の事実になり過ぎててもうみんな悪意も何もなく涼しい顔で言ってくるわ。夏川の前で。そう夏川の前で。俺いま絶対に後ろ振り向けない。気まずさで死ぬと思う。

「私も深那ちゃんの近くになりたかったな、乃々香ちゃんに取られちゃったぁ」

乃々香ちゃんと言われ、一瞬誰の事かわからなかったものの直ぐに白井さんの事だと気付く。二学期に入ってからこの二人は前髪を短くした一ノ瀬さんがトレンドになっている。あのちまっこいマスコット感が堪らないとの供述をしていた。

「――や、白井さんも一ノ瀬さんの近くって訳じゃなくね？　席前後じゃないし」

今だって白井さんは一ノ瀬さんに構いに行くわけでもなく周りと話してる。空気を読んで普通にコミュニケーションをしている印象だ。

「こーゆーのは近い方が勝ちなんだよ？」

「勝ち負けとかあんの」

「ノリかなぁ」

白井さんと岡本っちゃんの間のノリとは？　何か言葉として似合わないな。二人とも普段は落ち着いててふわふわぽわぽわした印象だから丁寧に〝雰囲気〟って言った方が合いそう。テスト前とかこの二人の勉強会に参加したい。間違いなく成績が伸びると思う。

「佐城くんは余裕あるから良いなぁ。なぁんか、一ノ瀬さんに懐かれてるし」

「ああ、えっと……うん、いいだろ」

「あー、なにそれぇ」

『バイトの後輩だったんだ』なんて夏川の近くで説明するわけにもいかず。まぁ、ああも今まで話してなかった一ノ瀬さんと二学期から急に話すようになったから十中八九察してるだろうけど、だからって俺が認めてしまうと一ノ瀬さんがまるで兄貴を寝取(ねと)られたかのような子になっちゃうからなぁ……。

「──んっ、ん！」

「ん……？」

あれ、今のって……。

分かりやすく鳴った喉(のど)の音。後ろを向くと夏川が喉を鳴らした姿勢で固まっていた。艶(なま)めかしい嬌声(きょうせい)に聞こえて興奮を禁じ得ない。貴女(あなた)は俺をどうしたいんだっ……！

冗談は置いといて……これはラブレター(あれ)を早く読めという催促(さいそく)だろうか。俺に吐(は)かせるつもりは無いんだろうけど、やっぱり存在を知ってしまった以上は気になってしまうらしい。俺も同じだ。夏川がラブレターを持ってるとこなんて見てみろ、探偵雇(たんていやと)う。

「その──」

「あっ、夏川さん。別に佐城くんに迷惑かけられてるわけじゃないからね」

「えっ」

「待って岡本っちゃん何その報告」

まるで普段から俺が迷惑をかけてるみたいな……や、まぁ出会ってから総合的に考えるとほとんど夏川に迷惑かけてばっかだけど。なに、俺ってその辺の皆からトラブルメーカーみたいに思われてんの？　最近の俺の大人しさ見てないわけ？　最近まで夏休みだったわ。

「そう、なの……」

そうだよ。

どうやら夏川からも俺はまだ迷惑かけるような奴と思われていたらしい。そこはもう疑わないで欲しかった……。

岡本っちゃんは俺と夏川を交互に見ると嬉しそうな顔でえへへと笑う。可愛い。いや言ってる場合か。絶対に岡本っちゃんも勘違いしてるだろ。

「えへへ、間近で〝佐城くんと夏川さん〟が見れるなんて楽しみ～」

「……」

「……」

……ええ……。

……どう反応すりゃ良い？　マジもんの気まずさなんだけど。また馴れ馴れしく夏川にアプローチでもしてパ、パ、パフォーマンスすりゃ良いのか？　そんなわけないよな、夏川から何度もはっきり『迷惑だ』って言われてるし。今さらそんな事やっても惨めなだけだしな。

俺と夏川――お互いのためになる振る舞い方、ちょうど良い塩梅の態度。空気を読んで、変に取り繕わず、何も壊さないように。今の俺ならできるはず。春の終わり、家にやって来た夏川に俺の意思は伝えた。昨日、さらにその立場をはっきりさせた。夏川はもう、俺が向かおうとしている先を知ってるはず。だから――

「期待には添えないかもだけどな。な？　夏川」

「――ぁ……えっと……うん」

ここで夏川に遠慮はいらない。夏川だってその方が変に気まずくならなくて良いはず。既に終わった俺たちが、岡本っちゃんが期待しているような事になるわけがない。友達同士、『前にあんな事があったね』で済ませておけば良い。俺の気持ちなんて適当に奥の方に押し込んでおけば良い。そうしておけば、いつか忘れられるだろうから。

「え……あれ？　そういえば最近、名前とか……――あっ」

人の噂は七十五日。一発屋芸人が季節の変わり目と共に忘れ去られるように。俺たちの――俺の、有り得るはずも無かった独り善がりの茶番も、同じように。

「そ、そうなんだぁ……」

「ああ、ごめんな？」

岡本っちゃんは少し残念そうに笑うと、前に向き直った。

「…………絶対おかしい」

「……うん」

ポツリと呟いたのはクラスメイトの男の子。何の事についてかは言うまでもなかった。

放課後の一室。部活でもないのに、その空間では黙々とペンを走らせる音が響いていた。周りの皆……特に三年の先輩の傍らには明らかに不自然な量の書類がある。夏休みから続けて来た文化祭実行委員としての活動は、明らかに余裕を無くし始めていた。

違和感といえば同じく先輩たちの態度。活動を始めた序盤、自分たちが引っ張って行くと言わんばかりの心強い態度を見せていた彼らだったが、現在、それは一転して後輩の自分たちに頭を下げて申し訳なさそうに白紙の書類を差し出すような状況に変わっていた。

自分を含め、一年生は戸惑うばかり。それだけならまだ良いのかもしれない。一つ上の二年生は三年生に向けて不信感を募らせているようだった。悪い方向に向かいつつある空気に、同じ一年生はさらに辟易するばかりだった。

「――ごめんね、今日はここまでで」

最終下校時間の合図。否応無しに手を止めるしかなかった。急かされるように荷物を纏めて解散する。

「その、佐々木くん……」

「まぁ、この方が負担が軽くなるかなってさ。別に夏川は気にしなくていいよ」

「うん……」

学生鞄にそっと書類を忍ばせ、気丈に笑ってみせる同じクラスの男の子。本当は良くない事だと分かってはいるけれど、状況が状況。そうやって自分で判断できる事に感心せざるを得ない。彼のように自分も持ち帰ろうとも思ったけれど、管理上、万が一の場合に責任を取れないため大人しく引き下がることにした。

「悪い、先に帰るな。また明日」

「あ、うん。また」

立ち上げたスマホを見て苦い顔をした彼は、急ぐように教室から出て行く。最近は妹が懐きすぎて困っているようだった。またせっつかれているのだろうと、妹に執着される彼を想像して少し羨ましくなった。

（なんだかな……）

忙しく、余裕の無い日々。憶えのある感覚に懐かしさを覚えた。けれど、そんな記憶のあの頃と比べると今は充実感がある。何故なら、あの頃と比べて自分の側に在るものが違うからだ。直接顔を合わせることのないやり取りだけど、そこには確かな〝居場所〟というものがあるからだ。そのためなら多少の疲れも英気の一部にすらできた。

そして今日は、そこにもう一品。

「……ぁ………」

「ん？」

昇降口に向かうと、予想外の人物が居た。佐城渉。本来帰宅部のはずの彼がどうしてまだここに。そんな疑問が浮かんだけれど、わざわざ言葉にはしなかった。重要なのはそこではない、そんな事を考える暇があるならと、少し焦る自分が居た。

どこかズレた切り口から始まった会話。無意識の時間の始まりだった。靴を履き替えた記憶がない。気が付けば横に並んで舗道に影を伸ばしていた。

弾む会話。時折回らなくなる舌。上手く言葉にできないタイミングはあれど、スマホのメッセージアプリで話しているときより濃密な時間であることは間違いなかった。

今までにこんな事があっただろうか。欲張りになっている自分が居る。過去、自分の事で精一杯になり、気が付けば身動きが取れなくなっていた日々があった。その経験を経て、高校生になってから手にしたものに有り難さを感じている。そうであるのにもかかわらず、日々が充実して行くに連れ『まだまだ物足りない』という強欲な感情が膨れ上がっていった。

もっと楽しみたい。もっと深く……深くへ――。

「ああああんたっ……！　夏川さん追い掛けて鴻越に行ったのは聞いてたけどついに付き合えたの⁉」

「ばッ……⁉」

まるで頬を軽く叩かれたかのように、思考が止まった。

（え――）

「――おいッ‼　やめろハルッ‼」

聞き慣れない怒鳴り声。ただただ驚く。

やっと手にした日常と、可愛い妹の笑顔。それを失わないように、縋るように毎日を過ごしていた。どうやら、自分はそんな〝今〟を手放さないようにするために必死になって、大切な事を忘れてしまっていたらしい。

頭の中の奥底、捨て置いていたもの。充実してる今がある――だから、そんな事はもう良いじゃないと、無かった事にしようとしていたもの。

「――俺たちはそういうの、もう終わってるから」

「あ……」

そういうの。その意味が理解できた。

恋とは。〝付き合う〟とは。そんな事を言われても分からない。そもそもそんな事をしている場合じゃない。自分には他にすべき事がある。しつこい、やめて、迷惑――かつてそうやって、彼をあしらっていた日々があった。あの頃の自分にとって、彼のその行為は雑音でしかなかった。

高校生活に期待を膨らませ続けていた日々、突然目の前の彼に言われた謝罪と、よく分からない言葉。意味は理解できた。驚きもしたけれど、そこまで重くは受け止めていなかった。ただ、失うことを恐れた。やっとの事で手に入れたものが消えて無くなってしまうような気がしたから。

気が付けば、何かが終わっていたらしい。

突然の事に身動きが取れないでいる間、走馬灯のように今までの記憶が巡った。ついさっきまで、その仕草や表情、話す内容にまで親しみを感じていた彼を、虫を払うように邪険に扱っていたかつての日々。傷付けてしまった時の顔はもう忘れてしまった。それでも、そんなことがあったことを今思えば、胸の奥が締め付けられるように痛くなった。

「友だち。普通の友だちなんだよ。もうそっからどうこうなるような関係じゃないから」

――――。

身動きが取れない。暑くて寒い。この気持ち悪さ――夜、寝ている時に部屋の天井を見ながら、自分の行く末に不安を感じて眠れなくなった時の感覚と同じだった。

かつてのクラスメイトだという女の子と話す彼。そんな二人から舗道に伸びる影が夕日でやけに鮮明になっていた。耳に届く二人の声は遠く感じた。自分が自分ではないようで、まるで、ずっと一枚の風景画を呆然と眺めているようだった。

突如、こちらに向く顔。

「その――ごめん、夏川。昔の知り合いがズケズケと……」

驚いて肩が跳ねる。そんな姿を見て彼が怪しいと思うのではないかと、恐る恐る顔を見上げる。するとそこには初めて会った少女は既に居らず、何とも気まずそうな苦笑だけがこちらに向けられていた。

（えっ……え……？）

先程までの彼――佐城渉。自分の左横に寄り添って、灰色でしかなかった放課後に彩りを与えてくれていた男の子。彼はまるで、まだその時であるかのような口調で話しかけて来る。今の今まで張り詰めた瞬間なんて一度も無かったのではないかとすら錯覚してしまう。

急に現実感が戻った。ようやく地に足が着いた感覚。覚束無い返事をしながら頭の中を整理して、ようやく口火を切ろうとしたところで、直ぐ目の前には見慣れた分かれ道が待ち構えていた。

「じゃあ俺、こっちだから……また明日な」

「ぁ――ね、ねぇ！」

帰ろうとする彼を反射的に呼び止めてしまう。とにかく待って欲しいという気持ちが強かった。混乱した頭の中を整理する時間――冷静になる時間が欲しい。せめて、さっき起こった出来事をちゃんと理解できるまで。

「そ、そのっ……さっきの、ハルさんって人――」

短い言葉の応酬を続けて場をつなぐ。

そうだ、無かった事になんてさせない。置いてけぼりにされるつもりなんてない。彼が声を張り上げた理由、それに自身が無関係でないことくらいは分かっている。気を遣っているのだろうが、それに甘んじる気にはなれなかった。

看過できなかったからだ。〝終わった関係〟？　〝友だち以外の何ものでもない〟？　どれも初耳だ。そんな事は考えもしなかった。言葉で上手く説明することはできない。それでも、彼の旧友に対する宣言を「その通りだ」と頷くにはあまりにも心が痛かった。そんな話が勝手に進んで良いものかと、強く納得(なっとく)していない自分が居た。

冷や水を浴びせられたかのような気分だった。彩りよく染まりつつあった日常はただの現実逃避(とうひ)だったのかとさえ思えた。それを直視してしまえば、目の前の少年との接し方が分からなくなってしまうから。

「わ、渉は――その、まだ……」

まだ――今、自分は何を言おうとしている？

〝再確認〟しようとしていなかったか。彼にとって、決して軽(かろ)んじていなかったかもしれない気持ちを、他でもない、それを爪弾(つまはじ)きにして来た本人である自分が。

(――いつから？)

いつから――いつから忘れていた？　自分たちはそういう関係。本来なら気軽に会話するなんてもっての外(ほか)。あまつさえ二人きりで下校できるような間柄(あいだがら)ではなかったはずだ。高校に入って、生活に余裕も出来て、自分の事で手いっぱいでない今なら他の事にも目を向けられていたはずなのに。

(そうだ――渉が)

記憶を探(さぐ)って思い出す。彼の様子がおかしくなったタイミングがあった。あの頃はまだクラスに馴染(なじ)めていなくて、いつもみたいに目の前の少年を躱(かわ)しつつ、どうすればもっとみんなと仲良くなれるだろうって、そんな事を考えていたような気がする。

何か……何かいつもの彼とは違う事を言われたのは覚えている。ただ、その時は寝て起きればどうせまた自分の前に現れるのだろうと高を括って、あまり深く考えなかった。

『夏川――』

『え――』

呼ばれ方が変わった。驚いたものの、それでも顔を合わせば当たり前のようにいつものへらっとした笑みが返って来て――むしろ、ほど良い距離感で。戸惑いこそあったものの、何も問題なくて。当たり前のようにそこに居ることに安心していた。

（もしかして――私だけ……？）

私だけ、何も考えていなかったのか。

学校ではよく一緒に居て、当たり前のように話す相手で、たぶん、自分がどれだけ拒絶しても居なくならない存在。何も心配する必要は無いのだと。何も考える必要は無いのだと。

それが当たり前の日常であると、そう思っていたのは私だけだったのか。

好意を伝え、伝えられ。拒んで、拒まれた関係。何度も繰り返すことで、そのやり取りに乗せられた想いを真剣に受け止めることはなくなっていた。本来なら、たった一回きりで断ち切れていた可能性すらある関係。

普通なら、いつ終わっていても不思議ではない関係。

（ずっと、考えてたの……？）

どうして？　どうしても何もない。彼が想いを告げ、それを私が拒んだからだ。だからこそ彼は身の振り方を考えるしかなかった。ただ、そこに辿り着くまでに数を重ねていただけ。いつかは通らなければならない道を歩いただけ。

はっきり言葉にしてくれたはずなのに。それを、自分が無かった事にしていただけ。

「……………ごめん、なんでもない……」

〝ただの友だち〟——納得できそうになかったその言葉すら、考えれば考えるほど贅沢なように思えてきた。本当に、彼は自分の事を友だちと思ってくれているのか？　もしかして、彼は友だちをしてくれているだけではないのか？　夜に、親友と一緒にスマホを通して話している時も、先ほどまで此方に向けていたへらっとした笑顔も、その全てがただの気遣い——演技ではないのか？

もし、そうだったとするなら——。

（わ、私も——）

壊してはならない。壊すわけにはいかない。彼が一人で考え、ずっと保ち続けて来たもの。それに気付くこともなく、ただずっと甘んじていただけの私が、今さら当事者の顔をして立ち入るわけにはいかない。

「――疲れてるみたいだし、この辺にしとこうぜ。立ち話をしても余計に疲れるだけだろ」

「……え？」

「ほら、愛莉(あいり)ちゃんも待ってるだろうし」

「あ、うん……」

「……また明日な」

しつこく付き纏っていたときの、相手の反応を待つ子どものような顔を思い出す。あの時と同じ興味が私に向いているようには感じない。指先から離(はな)れた彼の袖の感触(かんしょく)は、季節の生温かい風と共に抜(ぬ)けて行った。

彼は、二度と振り向いたりはしなかった。

見慣れない部屋だった。いや、正確には見覚えはあった。一度だけ、私はここに訪(おとず)れたことがある。見下ろすと、目の前の卓上(たくじょう)には白いマグカップが置かれていた。何が入って

いるのだろうと覗いてみると、何も入っていなかった。

ただ、乾いたマグカップがそこに置かれているだけだった。

『悪かったよ、夏川』

――えっ……？

突然、対面の少年から頭を下げられた。脈絡の無い謝罪に戸惑ってしまう。根元が黒くなりかけた茶髪を見て、どこか懐かしさを覚えた。彼がそこに居ることに違和感は持たなかった。

『打っても響かず、殴った分だけ懐いてしまう。普通に考えたら頭おかしいよな』

何の話だ――と思うものの、言われた内容については同意だった。確かに、殴った相手に懐かれても困る。内容自体は至極真っ当――それなのに、素直に頷こうとすると胸の奥が圧迫されるような、そんな気持ち悪さが残った。

（突然なに――え？）

返そうとした言葉が出なかった。何かを悟ったような顔でこちらを見る彼を見返すことしか出来ない。でも、不思議とそんな自分に疑問は持たなかった。それに、この光景と突拍子も無い言葉を投げ付けられる感覚は初めてではないような気がした。

『打たれりゃ響く。殴られりゃそれだけ吹っ飛ぶ。嫌われたらもう近付かない。人間関係なんて普通そんなもんなんだろうな——だから、そういった今時の〝当たり前〟を汲んで空気を読む事にするわ。いつもよりもうちょい落ち着きを持てるようにするから、宜しく』

（そんなの、無理よ）

聞いて呆れてしまう。訳知り顔で何を言い出すかと思えば……空気を読む？　落ち着きを持つ？　この男が今まで最も出来なかった事だ。どれだけ振り払っても、罵声を浴びせても、それでも自分から離れることは無かった。何度言い聞かせても聞かなかったにも拘わらずどの口がそのような事を言っているのか。

『付いて来ないでよ！』

『ああ』

どの口が——

『ほ、本当に来ないの……？』

『え……？』

…………。

（……え……？）

違和感を覚えた。おかしい……この違和感すら、前にも経験した事があるような気がする。物を掴んだつもりが水だったような、水に触れたつもりが空気だったような、指の隙間から何かが抜けて行くような、そんな、肩透かしな感覚。

そうだ、そんな佐城渉を私は知っている。決して我を曲げようとしなかった彼が、当たり前のように身を引いて行く姿を見た事がある。

傍から消えた男の子。いつも居たはずの時間、ふと教室の中で視線を彷徨わせても居なかったり、居ても、声の届かない遠くで誰かと話していたり。

そんな事が積み重なって生まれた焦り。自分本位で、とても褒められたものではない感情。まるで私の〝存在意義〟が薄れていくような錯覚。

友だちが何人も増えた。家にも呼んだ。それなのに、いつだってそこに在るのが当たり前だった〝居場所〟が溶け落ちて行くような感覚。満たされて行く何かと反比例するように、指の隙間からぽろぽろと零れ落ちていく何か。

『俺みたいにキモくて悪影響与えそうな奴は近付かせないんじゃなかったっけ?』

やめて。もうわかったから。そうやって距離を置こうとしているのはわかったから。そうやって私の顔色を窺って、取り繕っているのはわかったから。だからもう、そうやって――

『俺たちはそういうの、もう終わってるから』

離れて行かないで――

◇

「――ッ……!?」

夜明けだった。薄暗い部屋、無音の空間。寝起きだというのに、微睡みが全く無かった。膝を動かすとタオルケットが擦れる音が耳を掠めた。頬に張り付く湿った髪が気持ち悪い。

「……わたる」

思い出せるのは二つ。口から零れた名前の彼が登場したこと。その彼の顔が、徐々に見えなくなり思い出せなくなったこと。怖い夢だった。具体的な事は思い出せない。夢の中で自分が楽しめていたかどうかは、首から胸にかけて伝う汗が証明していた。

（……ばか……）

これが八つ当たりなのはわかっている。何故ならきっとこの夢は、昨日の一件を受けて複雑に絡まり合った感情が勝手に引き起こしたに過ぎないからだ。昨夜は胸の中にわだかまるモヤモヤとした感情のせいでなかなか眠れなかった。

枕元のスマホから充電ケーブルを外す。パッと点いた画面の光に思わず目を細める。それでも画面を閉じることはせず操作して、親友と〝彼〟を加えた三人のグループチャットを開く。入力欄に指先を動かそうとして——そこで気付く。私はもう、何の意味もなしに彼に文句を言えるような立場じゃないのだと。

「……ばか」

体の怠さは感じない。早く目覚めてしまったのは、単純に残暑の蒸し蒸しとした生温かさに当てられただけだったようだ。タオルケットをしっかり被って寝た事もその原因の一端かもしれない。時計を見上げれば四時半を回ったところ。側には誰も居ない。幼い妹の可愛いひじ打ちで起きたならどれだけ良かったか。

（……眠くない）

やや早過ぎる時間。実は珍しくない。自分の生活が愛する妹を中心に回っている事を考えると十分に寝ているとも言える。おかげさまで、もうベッドに体を倒す気にはなれなかった。今日は学校だ、このまま起きて準備すれば、母の負担を減らす事ができる。そうだ、そうしよう。

汗で湿った胸の下と背中を、冷たいボディーシートでそっと拭った。

「……」

九月はまだセミが鳴いていた。妹中心の生活をしていると朝から冷房を点けるのが当たり前。それは小さな命を守るための恩恵であると同時に、夏場の暑さに弱くなるという諸刃の剣でもあった。頭の中まで熱くなってしまうと、重苦しい記憶から順番に巡り始めてしまう。

考えれば考えるほど募るものがある。それは昨日から今日にかけての悩みの種になっている男の子——佐城渉に対するもどかしさだ。

もどかしさは入り混じった感情で出来上がる。それを一つ一つ紐解いて行くと、不満や気まずさ、申し訳無さが大部分を占めていた。

中でも不満の原因は彼に対する疑問が晴れない点だ。常日頃からぶつけることが出来ずにいるものだって多くある。それは親友の芦田圭を含めた三人の関係を壊さないためでもある。ただそれは、私の中で納得した上で呑み込むことができていた。

〝そうでないもの〟――これこそが、その不満を少しずつ膨らませている。

どうやってあの〝四ノ宮凜〟と知り合ったのか。

どうしてその先輩とそんなに親しげなのか。

どこでアルバイトをしていたのか。

同じクラスの一ノ瀬深那と仲を深めたきっかけは何か。

どうして彼女はあんなに懐いているのか。

体験入学の日以来、例の大人びた女子中学生とはまだ会っているのか。

どのくらいお姉さんと仲が良いのか。

同じ中学というだけで女の子を名前で呼ぶものなのか。

親しげな女の子の知り合いが少しばかり多くないか。

実際、その中で最も仲が良いのは――

(ちょ、ちょっと待って……)

疑問を浮かべて、羅列して、自ら焦る。改めて取り上げてみると何だか異性関係のものが多いような気がする。気軽に訊けないわけだと納得した。それを気にかける自分自身に気恥ずかしさを覚えた。

それでも、昨日の一件が無ければ。無自覚で居たままなら、どこかで訊けていたかもしれない。学校に着けば直ぐにまた顔を合わせるというのに、一晩寝る事で薄まっていた気まずさが、また湧き上がってきた。

「——あ！　噂をすれば！」

「？」

聞き覚えのある声に顔を上げる。見れば、昇降口の前で親友が大きく手を振っていた。部活の朝練を終えたばかりなのだろうか。朝の調子にしては声量が大きく、照り付ける太陽のような明るさに少し気後れする。

「おっはよー愛ち！　抱き着いて良ーい!?」

「おはよう圭。暑いからやめて」

今にも飛び付いて来るんじゃないかという勢いでぴょんぴょんと跳ねる親友。妹の愛莉で慣れているとはいえど、自分以上の体格の彼女に向かって来られるのは堪らないと、両手を小さく前に出してストップをかける。まだまだ暑い中、やっと学校に到着したところで火照った体と密着するのは気が引けた。

ちょっと残念そうに口を尖らせる様子に苦笑いする。

「おはよ、夏川」

「おは——ぁ………」

何気無くされた挨拶。朝の恒例行事。反射的に返事をして、親友の向こう側の人物を見て一瞬、呼吸が止まる。

（――渉……）

私と同じ、苦笑い。少し困ったような表情をしているのは親友の明るさが突き抜けているからだけだろうか。そんなわけがない、つい昨日にあんな事があって何も思わないはずがない。これは本当の顔ではない。彼は何でもないいつもの朝を装ってくれている。恐らく、それはいつものように――。

（あ……）

手を軽く上げて、「おはよう」って言うだけ。ただのクラスメイト相手でも簡単にできる事。それなのに、真っ直ぐこちらを見つめる彼にそんな挨拶すら返す事ができなかった。やっとの事でできたのは、口角を引き攣らせながら目で会釈することだけ。駄目だ、こんなのあまりにも不自然すぎる。

「……？　二人とも、何かあった？」

「……！」

「え？　い、いや？　何も？」

唇を尖らせていた親友が何かを察したのか、きょとんとした顔で此方と彼を交互に見つめた。何も言葉にできずにいると、代わりに彼がはぐらかしてくれた。お世辞にも自然な返しではなかったけど、それでも私が何か返事をするよりは十分だと思った。

「暑いし、さっさと教室行こうぜ」

「もう慣れたよー」

「ヤベーな」

「ヤバくないし」

「……」

何気ない普通の会話。そう見えたのは恐らく親友だけ。今の私が言葉の表面だけ受け取るにはあまりに無理があった。彼の意図が解る。今までにも、このように誤魔化されていた事があったのだろうか。家に招いた時。学校の中庭で二人になった時。それから昨日、一緒に帰っていた時。

一度でも、私は彼の本音に触れていたのだろうか。

「さじょっちだって少し前まで走ったりしてたんでしょー？　暑い季節こそ絶好の機会なんだし、また始めりゃ良いじゃん。慣れるよ？」

「何の絶好の機会だよ。大体、あの時はそれなりに目的があって走っ――――……え？」

「ほぇ……？　何かさじょっちんとこから落ち――――ん!?」

「……え──」

考えながら靴を履き替えようとしたところで、視界の端に何かが落ちた。目を向けてそれがどのようなものかを理解して、思わず固まってしまった。慌てて彼がそれを拾い上げるまで、一秒も無かったように思う。ただ、それでもほんの少しの文字を目でなぞることはできた。

──『佐城くんへ』。

明らかに女の子の字で書かれた一枚の白い便箋。四方の縁が淡い色のリボンの絵柄で彩られている。まず、相手は彼に対して浅くない感情を抱いているだろう。

（渉に、ラブレター……？　渉に……──）

今日、見ていた夢を思い出せそうだった。

◇

朝のホームルーム。担任の先生は何かの作業中で、教室の中はクラスメイトの声で賑わっていた。普段なら私も席を離れて気軽な気持ちで親友の元に赴いていただろう。けれど、今はとてもそのような気分にはなれなかった。無意識のうちに指先が机の上をコツコツと叩いていた。

普段はおどけてばかり。周りの女の子はそんな彼をやんちゃな小学生を見るようにクスクスと笑っていた。今までそんな様子ばかりを見ていたからか、まさか彼が誰かから特別な感情を抱かれるとは思っていなかった。だからこそ衝撃が大きかったのだと思う。

目線の先、廊下側の一番前の席。彼と親友がいつも以上にはしゃいでいる。手元の音が強まった。今朝、寝起きに感じたもどかしさとは違う、もっと別の感情が入り混じったもどかしさが。胸中を渦巻いた。

（圭っ……！）

彼が胸のポケットに仕舞ったもの。あの手紙が特別な想いの詰まったラブレターだったのかは分からない。それでも自分や親友が大いに関心を示すものだった。何故ならあの彼宛の手紙だからだ。他の男の子とは違う、特別な彼の――。

（ああっ……もう！）

いや、今はそれどころではない。視界の端でわちゃわちゃと騒いでいる二人は端から見れば密着しているようにも見える。何でそうなっているのかは予想がつく。あらゆる策を弄して彼のポケットにある手紙を狙っているからだろう。後ろから机越しに、彼に覆い被さるように。どうやら夢中になり過ぎて自分の体がどのように彼に当たっているか気付いていないらしい。

それだけではない、彼の方に身を乗り出しているためか、腰で吊り上がっているスカートの丈がかなり危うくなっている。後ろの席の男の子に向けてお尻を突き出すような体勢になっている。男女意識の低い二人にイライラ、無防備すぎる親友に対してハラハラしてしまう。

一頻り楽しんだのか、親友はにやにやと、彼はつむじ風にでも巻き込まれたかのような苦い顔で乱れた制服を整えている。ようやく離れた二人を見て心底ホッとする。

それも束の間、言いようも無い疎外感が胸の奥を冷たくした。

（……——いいな）

楽しそう。あの輪に入りたい。

これは小さな本音。万が一でも言葉にしようものなら親友は諸手を挙げて構い倒してくれるだろう。だけど、そうじゃない。この仄暗くなりつつある心が望んでいるのは、気遣いも建前も存在しない、悩みなんて全て吹き飛ばしてくれるようなあの騒がしさだった。

◇

くじ引きの結果、新しい席は前と比べるとやや寂しい場所だった。中庭側の一番後ろ、人によっては最も喜ばしいと言われる位置だったけれど、授業態度なんて特に気にしたことがないため何とも思わなかった。ちょっと嫌だな、なんて落ち込んでいると、前の席になる人が机を抱えてやって来た。

（え………）

「……あー………」

お互いに目が合って、固まる。彼は直ぐに気まずそうに目を逸らすと、自分の机をすぐ前の壁際にくっ付けた。

「え⁉　佐城くんの後ろ夏川さんなの？　良かったじゃん！」

「前は『離れたなー』なんて思ったけど、やっぱ佐城の執念ってヤバいよなー」

あまり話したことのない、隣の列の二人から祝福されるような言葉が彼に投げかけられる。間近でそんな言葉を聞いたのは何も初めてというわけではない。少し前までは似たような事を周りに言われても何とも思わなかった。でも、今はその時とは事情が異なる。

（な、なに言ってるの……）

綱渡りの綱を遊び半分で大きく揺さぶる様な、デリカシーに欠けた発言。彼と自分の関係が周知の事実だったとしても、そういった言葉を本人が居る前で言うのは普通ではない。

どんな反応をすれば良いかも分からないまま、じっとしていることしかできなかった。

恐る恐る彼を見る。そうするしか選択肢が無かったと言っても良い。目を合わせると、彼は分かりやすく引きつった顔で笑いかけてきた。

「……その、よろしく」

「う、うん……」

彼の心情が容易にうかがえた。間違いなく今の私と近しい気まずさを感じている事だろう。そそくさと体裁を整えると、彼はこちらに背を向けて座った。見飽きたはずなのに、どこか新鮮ささえ覚える背中をじっと見つめる。

（……ん……）

気まずさは残った。それでも、胸の奥でろうそくの火のような小さな明かりが灯った。まだまだ暑い季節——けれど、不思議とその小さな灯火はじんわりとした心地良さを持っていた。

先ほどの彼と親友とのやり取りを思い出す。あれと同じようなことを自分もしたいとは思わないけれど、一度この心地良さを知ってしまうと、さらなる温かみに触れたいと思ってしまう。期待を込めて彼を見てみると、どこか落ち着かなそうにそわそわしながら周囲を見回していた。今ならできるだろうか。親友のように、彼とのひと時を、何ら取り繕うことも無く——。

「——ね、ねぇ……」

「！　な、なに……？」

気が付けば話し掛けていた。まさかさらに話し掛けられるとは思っていなかったのか、彼は一拍置いてから返事をした。彼の様子が落ち着くのを見届けてから、勇気を出して少し顔を近付ける。

「さっきの……読んだの？」

「……や、まだ。芦田がうるさかったし」

「……そうみたいね」

そのやりとりはばっちり見ていた。お互いが異性同士であることを気にすることもなく、体を密着させている様は何故だか忘れたくても脳裏に焼き付いていた。思わず少し険の乗った声で返事をしてしまう。

「その……み、見たら？」

しかしあの手紙の中身が気になるのは私も同じ。内容は知らなくても良い。知りたいのは、それがラブレターに値するものだったかどうか、それだけ。親友があんなにも彼に踏み込んだのだ。それなのに、自分だけ遠慮して様子を窺うだけなのは何だか気に入らなかった。

「……覗き見しない？」

「し、しないっ。しないわよっ……」

　思わずむきになって答えてしまう。そもそもラブレターに限らず、他人の恋路を覗き見しようとしている時点で馬に蹴られてもおかしくないのはわかっている。それでも気になってしまうのだからどうしようもない。わかっている。わかってはいるのだけれど、一切の情報を知り得ないまま今日を終えればまた寝付けない夜がやって来てしまう。それだけは避けたかった。

「……わかったよ」

　覗き見する気は無い。けれど、こちらのタイミングで読んでくれるというだけでほっとしてしまう自分が居た。普通なら有り得ない事だと思う。きっと親友が彼にのしかかってくれたおかげでいくらかハードルが下がっていたのだろう。そこに関しては感謝しかない。

　ふーっとひと息ついて呼吸を整える彼。右手が胸ポケットに向かった。いよいよ読むのか。いや、ちょっと待った、左の窓の反射で彼の手元が見える。どうしよう、もしかしてこれは図らずも覗き見をしてしまう事になるのでは……？　いや、違う、これは不可抗力だ。偶然見えてしまうだけだ。いや、でもだからと言って――。

「んじゃあ――」

「佐城くんも宜しく～」

「ダスッ⁉」

――なんて葛藤をしていると、彼の前の席の女子生徒が後ろを向いた。まさに手紙を取り出すところだったんだろう、彼は世にも珍しい鳴き声を上げて右手を机の上に打ち付けた。

(――もうッ‼)

誰が悪いとかではない。そう、これは単純に間が悪かっただけの話。にもかかわらず心中で叫んだのはそれでも〝惜しい〟という思いが頭の中を占めたから。

「ああいやッ、うん、何でも。宜しく、うん」

「宜しくね。あ、夏川さんだ～、近くになれて良かったね佐城くん」

「うっ……そだな……」

しどろもどろになる彼。同じ気まずさが繰り返される。先ほども同様だが、投げ掛けられる言葉に揶揄うような悪意は感じない。ごく一部でのみ知られている話だと思っていたのに、思ったより色んな人に彼との関係性を知られていて恥ずかしくなってしまう。

誰のせいかと言われれば、彼のせいとしか思えない。騒がしかった当時を思い返せば人気の有無を選んでいなかったように思う。つまり、彼の気持ちも、それに対する私の気持ちも、皆に知られてしまっているということ。ただただ、顔が熱くなるばかりだ。

（でも、今は——）

あの頃と同じ関係性ではない。彼が執着しなくなったという意味では昨日よりももっと前からの話だった。その辺りの違いが周囲に知れ渡っていないのは、それこそ彼が上手く振る舞ったからこそなのだろう。近寄り過ぎず、離れ過ぎず。

彼が距離を置き始めた理由は今だからこそ理解できる。でも、あの頃はそれができなかった。たった一人が自分の元から遠ざかるということ。それだけの事が、どうしてこんなにも胸を締め付けるのか理解できなかった。そして、かつては煩わしいとさえ思っていた存在——そんな彼が、どうして自分の中でこんなにも大きな存在になっているのか、それは未だに分からないままだった。

「——や、白井さんも一ノ瀬さんの近くって訳じゃなくね？　席前後じゃないし」

（——！）

聞こえてきた声にハッとする。そうだ、分からない事はそれだけではない。〝一ノ瀬さん〟という言葉で頭の中に新たな考えが巡る。

一ノ瀬深那さん。夏休み前までは目立つことのなかった前髪の長い小柄な女の子。元々はそのくらいしか印象が無く、今もまだ話した事は無い。二学期になってその前髪を短くし、印象を大きく変えた。大きくくりっとした垂れ目、自信が無いのかその目をいつもうるうるとさせる姿は愛莉のような庇護欲を掻き立てる。

「佐城くんは余裕あるから良いなぁ。なぁんか、一ノ瀬さんに懐かれてるし」

そう。そうなのだ。彼はその女の子から懐かれている。彼女は人が苦手なのか、二学期になって構われるようになると、当たり前のように彼の背中の後ろに向かって隠れる。驚くことに、先ほどの親友のように体をぴったりとくっ付けて隠れるのだ。思わず二人を引き離した自分は間違っていないと思う。そもそもどうして彼なのだろうか。心当たりがあるとすれば、夏休みに彼が話したアルバイト先の〝同級生の女の子〟という存在。

「ああ、えっと……うん、いいだろ」

（良くない）

素早くツッコむ自分が居た。

彼に限らず親友とも接する機会が少ないことによる寂しさは夏休みの最中から感じていた。あまり会う事すらままならなかったというのに、夏休みが明けてみれば彼は知らないところで別のクラスメイトの女の子と仲を深めているではないか。

別に悪い事ではない。それでも、どうにも納得できない感情が胸中を渦巻く。

「――んっ、ん！」

――うっ……。

思ったよりわざとらしい声が出て焦ってしまう。そこまで一ノ瀬さんの話題を終わらせたかったかと、自分で自分の事が信じられなかった。二人の視線がこちらに向いて、思わず縮こまってしまう。

「その……」

「あっ、夏川さん。別に佐城くんに迷惑かけられてるわけじゃないからね」

「えっ」

「待って岡本っちゃん何その報告」

えっ、岡本さんのことそんなふうに呼んでるの？

思わず声に出すところだった。どうも彼の事になると心より言葉が先行してしまいそうになる。やはり昨日の事が原因なのだろうか。また一つ、正体が分からないばかりに〝納得できないもの〟が積み上がっていく。

「そう、なの……」

誰かにぶつけても理不尽でしかない。どうにか冷静さを取り戻すと今度は岡本さんの言葉が気になった。

〝佐城渉はトラブルメーカー〟。まるで私がそう思っているような口ぶりだった。確かに、彼がまだ付き纏っていた時はそう思っていた。きっと岡本さんにとって私たちの関係に対する印象はあの頃のまま変わってないのだろう。

「えへへ、間近で〝佐城くんと夏川さん〟が見れるなんて楽しみ～」

（――――ッ……）

時が止まったような錯覚を覚えた。耳が周囲のあらゆる音を拒んだ。思わず手が胸に行く。胸が痛いのか、痛くないのか、よく分からない。

〝佐城くんと夏川さん〟。それは彼が私に付き纏って、それを私が迷惑だとあしらっていた時のやりとりの話だろうか。今の彼が、私が、そんなやり取りをできるわけがない。岡本さんに悪気が無いのはわかっている。それでも思ってしまう、どうしてそんな残酷な事を言うのだと。

嫌な予感が胸を突く。ああ言われて彼はどうするつもりだろうか。そもそも彼はまだ自分にそういった感情を寄せているのだろうか。もしそうでないとして、まさか自分を押し殺してまで私に付き纏うふりをしていたのではないだろうか。

不安になって、思わず彼の顔を見る。

「期待には添えないかもだけどな。な？　夏川」

「――ぁ……えっと……うん」

あまりに軽いトーン。本気なのか、装っているのかは読むことができない。

良い言葉を選んだとは思う。暗に〝佐城くんと夏川さん〟はもう見せることができないのだと、そう解釈してもらうのに最も優しい言葉だと思う。

でも、何だろう。何なのだろう、この感覚は。

（……そんなに軽く言えるものなの……？）

たとえそれが装って出た言葉だとしても。私だけならともかく、彼にとってかつてのあの時間は、そんなに簡単に吐き出せるものだったのだろうか。納得できないものがまた一つ積み上がる。それが何だか苦しくて、思わず目を伏せてしまう。

「え……あれ？　そういえば最近、名前とか……――あっ」

ハッとして顔を上げる。その瞬間、岡本さんの視線が私から彼に渡った。

（いま……見られてた？）

勘違いなだけかもしれない。それでも、今の岡本さんの声は何かを察したかのような反応に聞こえた。

はっきりしないことばかりだ。きっと彼も同じことを抱えていて、私の心を理解しようと必死になっているのかもしれない。もう少し歩み寄れば、何か一つでも知ることはできるのだろうか。一ノ瀬さんのこと、昨日のこと、さっきの手紙。周囲からの印象。

　それから――

「そ、そうなんだぁ……」

「ああ、ごめんな？」

　渉の心も。

佐城くんへ

おはようございます。一ノ瀬深那です。

急にこんな手紙を渡してしまってごめんなさい。佐城くんにお話があって手紙を書きました。こんなふうに誰かに書くのは初めてなので何だか恥ずかしいです……。

佐城くんが夏休みでアルバイトを辞めてから少し経ちました。わたしはと言えば、佐城くんが背中を押してくれたこともあってなんとか接客をこなすことができています。ただ、入る時間が夕方からになって……夜、寝る時間が少し遅くなっています。次の日、ついあくびをしちゃって……白井さんに見られてとても恥ずかしかったですっ。

そんな折に、この前の休日に佐城くんも知ってる笹木さんがお店に来ました。受験勉強の合間を縫って遊びに来てくれたらしいのですが、佐城くんが辞めたことを知って「ガーンッ」と言っていました。伝えてなかったんですね……。「薄情ですっ！」ってプンプン怒っていましたよ。

佐城くんと連絡する方法が無いとのことで、メッセージアプリのアカウントを伝えてほしいと頼まれました。個人情報を扱うので……その、こうやって手紙にしました。

じつは……これを機にわたしも始めてみようかなと思って……その、お兄ちゃんや由梨さんに手伝ってもらいながら、何とか笹木さんと同じものをスマートフォンの中に入れました。はい、あれから少しずつですけど、逃げずに向き合えるようになった気がします。

それであの……もし良かったらなんですけど、笹木さんみたいにわたしも、なんて……。あの、迷惑ならいいんです。アルバイトの時みたいにご迷惑をおかけしたくはないので。ただその、学校ではあまり佐城くんとお話できていないなって……。あの、急にこんなことを言ってごめんなさい。笹木さんのついでで大丈夫ですので……その、もし良ければ、わたしの登録もよろしくお願いします。

一ノ瀬深那

手紙の裏に、可愛らしい花柄で縁取られたメモ用紙も入っていた。真ん中にこれでもかと言わんばかりに大きく『ふうか』という名前とアカウント名が記されている。本当はそれだけのつもりだったのだろう、その右下に申し訳なさそうに小さい文字で『みな』という名前と、同じような文字列が添えられていた。

「……」

可愛い（怒）

は？　可愛いんですけど。何なのこの胸の高鳴り。その辺のラブレターよりラブレターしてんじゃね？　これでラブレターじゃないの？　どうなってんだよ日本。笹木さんが怒ってるからアカウント教えとくって……え、これメインは伝言なの？　伝言で人をこんなに悶えさせることが可能なわけ？　この高揚感は何なの？　ユンケルなん？

連絡先の交換くらい口頭でも良いと思うんだけど……何なら夏休みのバイトで俺の電話番号登録してるはずだし。わざわざ手紙にしちゃうとか不器用さんかよ……可愛い過ぎんだろ授業中に何てもん見せやがる……。叫びたい、できない。拡散したい、できない。爆発四散でもしそうな気分だった。

ＪＣとＪＫとＪＤが徒党を組んで俺を悶えさせに来てやがる……。さすがＪＫだわ。一

人だけ異彩を放ってる。まさかこれ作戦だったりすんの？　静かな電車の中で不意に笑わせるテロ行為みたいなやつ。もしかしたら一周回ってこれは果たし状だったか……まさかこれ、もう果たしに来てるんじゃ……!?

落ち着け俺、動揺し過ぎだ。オンラインゲームで『フレンドなろうぜ』って言われるのと何が違うって言うんだ。そんなものでここまで一喜一憂した事あったかよ。何なら別に嬉しくもねぇし。いたってフラットに『おけまる』って返してたわ。

返事――え？　これ返事どうすりゃ良いの？　俺も手紙書かなくちゃいけない感じ？　ここまでやってもらったんだから俺も書かなくちゃだよな……。上等だよ。俺の巧みな文章力で文学少女の一ノ瀬さんを唸らせてやる。

一ノ瀬さんへ

おっけー登録しとく。

佐城渉

ダメかもしれない。

いま以上に紙を無駄遣いしたと感じた事が無い。スマホ使いまくってる弊害かな？　長い文章書けないいんだけど。ただの返事なのに喧嘩売ってるような気がしてきた。自分で書いた返事に殺意芽生えてる。俺が一ノ瀬さんだったら絶対に許さない。

何で一ノ瀬さん手紙を寄越しちゃったの……。や、別に嫌じゃないのよ？　寧ろ元気出た。多幸感が凄い。俺の脳みそオキシトシンで濡れまくってる、もうドバドバだから。感動して泣きそう。目からオキシトシン出る。

でもほら、難易度高いと言うか……ハッ!?　まさかこれが狙いだったりするのか!?　アルバイトの時に注意しまくったのを根に持ってて、こうやって復讐がてら困らせてやろうって魂胆なのか？　授業中に悶えさせるまでがその作戦の一つだったりして……いや、流石に被害妄想だろ。一ノ瀬さんがそんなこと考えるわけないから。モテないからって捻くれたこと考えてんじゃねぇよこの野郎。

もう一回。もっかい一ノ瀬さんからの手紙を見よう。きっと俺のスレた心を癒してくれるに違いない。チラッ。

「……」

可愛いなくそっ（怒）

お、おい、ちょっと待てよ。席替えする前に芦田が騒いでたけど、これ一ノ瀬さんに聴かれてたんじゃないのか？　え、恥っず。ラブレターとかじゃないのにあんなにはしゃいでたわけ？　しかも差出人に聴かれただと……？　こんな恥ずいことある？

◆

「で！　どうだった⁉」

「ちょっと黙ろうか芦田」

「え……？」

手紙の正体がわかった途端、恥ずかしさが増した。もう何というか芦田が騒いでるだけで恥ずかしい。一ノ瀬さん目線になると余計に萎縮してしまう。今ごろ内心笑ってるかもしれない。

『ラブレターなわけないじゃん、ウケる（笑）』

きっとこんな——ち、違うよな？　こんなの心折れるどころか人間不信なるわ。大丈夫……一ノ瀬さんの場合はむしろラブレターと思われてどうしようなんて可愛い感じに不安がってるかもしれない。これはなるべく早く一ノ瀬さんと話した方が良いな……俺自身のためにも。

「手紙ひとつで騒ぐなんて……まだまだ子どもな」

「なんか急にうざくなったんだけど！」

一ノ瀬さんの元に行くためにもこの陽キャ女を掻い潜らなければいけない。なかなかしつこくて強敵だ。お前マジで俺にデリカシー無いとか言えねぇからな。人の機微が読めるくせに自分の好奇心優先するとか質悪いから。

「こーゆーのは人に話すもんじゃねぇの。わかった？」

「さじょっち、そーゆーの言っちゃうタイプじゃん。デリカシー無いし」

「言いやがったね？」

ラブレターではなかったけど、これを話して良いものかって考えるとまた話が違う気がする。一ノ瀬さんの性格を考えると他の人に見られたくないだろうし、何より信用を失うのが怖い。直接話しに行くのはリスキーだよな……最近の一ノ瀬さん、授業の合間はずっと誰かに絡まれてるし。悪い意味じゃなくて。

「だって、気になるし……」

「俺の中のデリカシーが言うなと叫んでっから」

「早く解放してあげなよ」

「囚われてねぇよ」

度々ちょっかいをかけられるけどここまで棘を感じたのは初めてかもしれない。いや冷静に考えたらそうでもねぇな……後ろの席から俺の尻を蹴り上げる代わりなのかもしれない。悪い意味で遠慮がないのは前からか……あぶねぇ、慣れすぎてもはや挨拶になってしまっていた。

「――じゃ、じゃあ！」

「えっ？」

突如、割って入ってきた声。しつこい芦田を押し止めて声を上げたのは、後ろの席になった夏川だった。

「ラ、ラブレターだったか……そうじゃなかったか、だけ……」

遠慮がちな質問だった。こういうところだぞ芦田。そう、お前に必要なのは謙虚さ。気になってはいるもののそれを安易に尋ねるのは憚られるという奥ゆかしい心。そんな風にお願いされたら俺も仕方ないなって――。

……ちょっと待て。だからって言わなきゃだめ？　あんなに狼狽えといてラブレターじゃなかったとか恥ずかし過ぎるんだけど。しかもそれを知られる相手が夏川ってまた……ダサいにも程があるだろ。

「なになに？　そうだったの？」

「えっと……まぁ、うん。それに近い、的な？」

「え……」

「え⁉　果たし状とかじゃなくて⁉」

やべぇ否定できない。手紙であること、内容、不器用さ、総合的に俺の魂を揺さぶるような暴力的な可愛さだった……あれは俺を倒すために認められたと言っても過言ではない。授業中なのに思わず唸り声が出そうだった。授業中にいきなりそんな声出すとかヤバい以外の何ものでもないからな。はぁ、思い出しただけで口角が上がってしまう。

「ふひっ……ある意味果たしに来てたな」

「は？」

「は？」

あれ何か急に。

◆

何が気に障ったのか二人に火を点けてしまった。個人的にはラブレターって事にしたかったけど、謎の気迫に負けて最終的には「ちょっとした伝言だった」と認めていた。「これだから姉貴に勝てねぇんだ」と謎の納得をしてしまった。骨の髄にまで染み込んだ負け犬にしかない何かに気付いてしまったような気がする。出番だ、一ノ瀬さんの手紙（癒）

真実を知り、手の平を返したように興味を無くし、真顔になった芦田が放った「だよね」に女子の怖いところが全て詰まっていたように思う。きっと芦田は夏川から悪い部分を吸い取ってくれているんだと思う。ははっ、動けねぇ。

授業中、何とかメンタルを持ち直すとさっそくアプリで笹木さんと一ノ瀬さんをフレンドに追加した。笹木さんは美白浜中学の制服で友だちと四人で映ってるアイコンだった。何か一言送ろうと思ったけど、授業中に通知音が鳴ったりしたら悪いから今はやめておいた。一ノ瀬さんは何やら驚いたような顔のアイコンだった。初めて見る顔だ。由梨ちゃん先輩に不意に撮られたに違いない。良き。

「一ノ瀬さん、フレンドに追加しといたよ。スタンプ送っといた」

「ぁ……！」

昼休みになってふらっと伝えに行くとちょっと嬉しそうな顔をしてくれた。嬉しいのは俺の方だよ一ノ瀬さん……！『佐城参上』スタンプたくさん送っちゃう。いや、やめておこう。一ノ瀬さんの事だから本気でスマホが壊れたと思いかねない。

一ノ瀬さんはいそいそと学生鞄(かばん)からスマホを取り出すと電源を入れた。学校では電源を落とすタイプらしい。カバーの無いシンプルな感じが一ノ瀬さんらしい。

「えっ……え？　フレンド？　聞き捨てならないことが聞こえた！　佐城くん一ノ瀬さんと交換したの⁉」

「お、何だ？　白井さんも俺と交換――」

「い、一ノ瀬さん！　私も良いかなっ……！」

はっはっは――知ってた。何なら白井さんとはクラスのグループで繋(つな)がってる。後で一ノ瀬さんも追加しとかないとな。俺がしなくても白井さん辺りが全部やってくれそうだけど。岡本(おかもと)っちゃんが出遅(でおく)れて悔(くや)しそうにしてるのが面白(おもしろ)かった。

「……ん？」

ポケットのスマホが震(ふる)える。確認(かくにん)すると、元からアプリに入っている可愛らしいクマさんのスタンプが「よろしくお願いします」とお辞儀(じぎ)していた。何故だろう、一ノ瀬さん本人以外からも宜しくされたような気がする。少しだけ背筋に寒気が走った。

バイトの先輩としての意識がまだ俺の中に残っているのか、一ノ瀬さんが白井さんたちと話す姿を見ているとこっちまで嬉しくなってしまう。後方腕組(うでぐ)みおじさんはこんな気持ちなのだろうか。

あの子、俺が育てたんです。

◆

生徒会室に向かいながら思う。俺はどうして生徒会室に向かっているのだろう、と。

どれだけ考えても思い浮かぶのは生徒会長こと結城先輩が出してくれる超美味い弁当のみ。おかしい……完全に餌付けされてるような気がする。生徒会になんて絶対馴染みたくないんだけどな……やだ、俺の足取り何でこんなに軽いの……？

腹減ってるからだったわ。

「あの弁当、余りものって言ってたっけ……」

未だに信じられない。姉貴、もう結城先輩で良いんじゃないか？　俺目線だともう明るい未来しか見えねぇよ。今なら先輩がモテモテな様を後方監督ヅラで眺めることができる。

食欲が劣等感を上回ってるんだわ。ヨダレ分泌し過ぎて血が足りない。食わねば。

美味いものを食べる胃の準備をしながら歩いていると、階段の方から三人組が下りて来るのを発見する。

「——あっ、えっ⁉　何でここに佐城が……⁉」

「三田先輩」

　まず目が合ったのは風紀委員のマスコットこと稲富先輩の保護者――三田先輩。俺を見つけると、階段の方と俺を交互に見ながらあたふたとしていた。ま、まさか……男？　もしかしてヤバい瞬間に鉢合わせてしまった感じ？　逢瀬中？

「あ、あんた……何でこんなとこに居るの！」

「や、生徒会室に向かってて……先輩こそどうしたんすか。そんなに慌てて」

「どうしたも何もっ……ちょ、早く――」

「やぁ、佐城じゃないか」

「え？」

　焦った様子の三田先輩。俺の両腕を掴むと、そのまま回れ右をさせようとする。あまりの剣幕に大人しく従おうとすると、死角になっていた階段の側の壁から稲富先輩の腰に腕を回した四ノ宮先輩が現れた。何だ、あのプレイボーイ感……「稲富ゆゆは私のものだ」と言わんばかりの絵面。風紀委員の風紀ヤバくね？　四ノ宮先輩のファンタジー感は相変わらずだな。周りの時空ごとギラついていやがる。

「君も来い」

「ふぇ？」

そのままつかつかと歩み寄ってきた四ノ宮先輩。腕を掴まれたと思いきやかなりの強さで引っ張られた。思わずロリっ子みたいな声が出てしまい死にたい気持ちになる。

とととっ、と体勢を整えたのも束の間。状況を把握すべく瞬きしていると、気が付けば苦笑いをしている稲富先輩の反対側に付いていた。右腕を見ると四ノ宮先輩からガッシリと腕を組まれている。え、なに、どういうこと？　二股？　二股なんですか四ノ宮先輩？

「えと……先輩？　俺、生徒会室向かってたんですけど……」

「なに……？」

このまま連れて行かれるのは流石にまずい。私用だと告げて離れようとすると、四ノ宮先輩は腕の力を強めてカッ、と踵を鳴らし立ち止まった。もしかしなくても何か様子がおかしい。どうなってるんだこれ。

三田先輩を見ると「あっちゃー」な顔で額を押さえていた。なるほど？　これは良くないことであると。いや、でもこれそんなに悪い状況か？　だって俺、いま美人の先輩と腕組んでるんだぜ？　寧ろご褒美のようだと言っても過言ではない。これが許されるなら先輩の二番目の女になっても構わないかもしれない。

女じゃなかったわ俺。

「おいどういう事だ佐城。生徒会に入るつもりか」

「ええ……」

前言撤回。悪い状況だったわ。これは怖いぞ。四ノ宮先輩がわかりやすくキレた顔をしている。そんなに怒らせるようなこと言ったか俺……？　美人が三白眼になると狂気さえ感じるな。俺でも先輩の赤いオーラが透けて見えている。そのうち金髪に変化して瞬間移動でも使いだしそうだ。

「は、入らないっす……入らないつもりっす」

「そうか」

言葉を選ぶまでもなく正直に回答する。今にも殺されそうな鋭い雰囲気こそ収まったものの、俺の右腕を放すつもりは無いようだった。

じゃあ来い、と引っ張られ続けて三分。連れられて辿り着いた先は食堂だった。気が付けば食券機の列に並んでいた。稲富先輩を胸の前に抱き直した四ノ宮先輩の後ろで、こっそりとスマホを操作する。生徒会室は行けそうにないし、姉貴に黙っていると後で何をされるかわかったものじゃないからな。

【四ノ宮先輩に捕まった。今日は行けそうにない】

【は？　抜け出せば？】

【何か様子がおかしいんだよ】

【あー、わかった。放課後ね】

さらっと放課後に拘束されることが決まった。おかしい……おかしいけど嫌じゃないと思ってしまうのがおかしい。結城先輩の弁当が待っていると思うと嫌じゃなくなるのは何故？　思考がもうデブだからです。すっかり餌付けされてしまっているようだ。そのうちポテチとコーラで釣られそう。

それにしても姉貴があっさりと昼休みを譲ったのは意外だ。相手が四ノ宮先輩だと弱いところでもあるのだろうか……。これは良い事を知ったかもしれない。

購入した天ぷらセットを持って四ノ宮先輩の後ろを付いて行く。一番下の後輩として空きテーブルを探していると、とあるテーブルの女子グループがぎょっとした目で四ノ宮先輩を見上げた。

「「「ここどうぞ！」」」

……ええ。

お盆を持ってガタリと立ち上がった三人。返事をする間もなく、集団行動のプロのような動きでどこかへ去っていった。ちらりと見えたお皿の上にはまだアジフライが残っていた。確実にまだ食べ終わっていないと思う。大丈夫？　俺ここに居て良いの？　四ノ宮先輩のファンから刺されたりしない？

そこは四人席だった。まずは稲富先輩、四ノ宮先輩が座り、その向かい側に俺、三田先輩の順に座る。前に同席した時とは違い、何やら視線の量が多い。四ノ宮先輩のギラつき具合が五割増しのせいだ。おかしい、三次元のはずなのに作画が別のものになっている。

「……悪いわね、巻き込んで」

「や、その……どうしたんですかね、これ」

「それは……」

明らかに普通ではない。同じ風紀委員なら知っているだろうと訊いてみると、三田先輩は言いづらそうにモゴモゴと口籠った。どうやら俺には言えない事情らしい。

「そういえば、佐城くんは何で生徒会室に向かってたんですか？」

「ああ。最近ちょっと姉貴に呼ばれて仕事手伝ってるんですよ」

「ほう？　生徒会に入らないと言っていたのにか？」

「うっ……はい。その、姉貴大変そうなんで」

「ふむ……」

稲富先輩の質問に答えたはずが、気が付けば四ノ宮先輩との会話にシフトしていた。圧が凄い。ただ受け答えをしているだけなのにまるで尋問に遭っているかのような気分になってしまう。ヤンキー時代の姉貴に通ずるものがある。間違っても結城先輩の弁当と引き換えに生徒会の手伝いをしているなんて言えなそうだ。

そういえば四ノ宮先輩、機嫌が悪い割には注文したの普通の素うどんなんだな……俺だったら苛立っている時はガッツリ系を攻める。カツカレーとか。

「――羨ましい」

「えっ」

「楓が羨ましい。私も弟が欲しい」

「はぁ、なるほど」

……なるほどじゃなくね？　何も理解できてないんだけど。思わず反射で返事してしまったわ。えっと、何だって？　弟が欲しい？　そもそも先輩って一人っ子なん？　その、弟か妹を願うなら俺たちではなく、四ノ宮先輩のご両親にっていうか……まだ頑張ればワンチャン有るんじゃないですかね。

「一日だけ私の弟にならないか。あと風紀委員に入れ」

「えっ」

すげぇ事言い出した。

どうしてそうなった？　四ノ宮先輩の弟って、スーッ……ガチで嫌かもしれない。半日くらいで付いて行けなくなる自信がある。朝四時半起きとか強制されそうだ。そんでもっ

て朝稽古しないと朝食を食べられないとか、謎のルールに振り回されそうだ。そんな生き方を一生続けるなら最初からオリンピック選手を目指してる。

そもそも、四ノ宮先輩の弟になったらアレだろ？　あの偏屈な祖父さんとまた顔を合わさないといけなくなる。嫌に決まってる。こう、胸の奥の嫌なところに潜り込まれた感覚は今でも忘れられない。あと風紀委員は生徒会同様。面倒だからなりたくない。

「あー……えっと。じゃあ、姉貴が良いって言ったら」

「わかった」

なに言ってんの？

もっと回避の仕方あっただろ俺……！　四ノ宮先輩も了解しちゃったし。そもそも姉貴の許可とか要らないだろ。「お前の弟一日もらうわ」とか言われても間違いなく反応に困るだけだし。ピンチのときに上の兄弟を引き合いに出すとか末っ子かよ。

末っ子だったわ……。

「ほら、ゆゆ。あーんしろ」

「あ、あーん……」

……………。

いややばい。マジやばい。これはやばいな。暴走状態だわ。テレビでこういうキャバクラの常連客を見たことある気がする。この会場一帯の中心が完全に四ノ宮先輩になっている。カリスマ性があるとは思っていたけどその無駄遣い(むだづか)が凄い。いつもの四ノ宮先輩はいったいどこに行ってしまったのだろう。

事情を知っているであろう、三田先輩に目を向ける。

「……」

同情の目で稲富先輩を見ていた。俺が見ていることに気付くと、申し訳なさそうな視線を返してきた。この人こんなにも苦労性(くろうしょう)だったっけか……ずっとどこかしらをホールドされてる稲富先輩の方が上を行ってる気がしなくもないけど。今日ばかりは稲富先輩も自ら四ノ宮先輩に可愛がられに行っている節がある。気遣(きづか)っている……？　ふむ、なるほど。

小声で三田先輩の視線に答える。

「大丈夫っすよ。この理不尽な感じは姉貴で慣れてるんで」

「悪いわね……その——」

「良いです良いです。皆(みな)まで言わなくても大体わかりますから」

「や、こればかりはあんたでも——」

増長して凄みの増した四ノ宮先輩。許す姉貴。食事はうどん。謝(あやま)る三田先輩。語られない理由。気を遣(つか)う稲富先輩。姉貴を想起させる理不尽さ。既視感(きしかん)——これは、間違いない。

「――重い日なんですね？」

「察し良すぎてキモいんだけど」

いや、ほら、姉貴が居るから……。

◆

宴もたけなわ。見事に四ノ宮先輩の異常の正体を言い当てた俺は三田先輩から絶対零度の視線を浴びていた。何となくわかってしまったんだからしょうがない。

おかしな豹変ぶりではあるものの、さじょっちセンサーはあ、の、日ですこぶる機嫌が悪くなっている姉貴との共通点を察知した。誰かこの能力を一億円で買ってくれ。死ぬほど要らん。

少し目を離している隙に四ノ宮先輩はスマホを取り出して耳に当てていた。なにやら俺の名前を出して弟がどうだの風紀委員がどうだのと説明しているようだった。

『は？　何言ってんの？』

わかる。

なかなかの音量でスマホの向こう側から呆れるような声が返ってきた。たとえ電子音であろうと嫌でもその声を聞き間違えることはない。声の主——姉貴は苛立っているようだった。どうだ四ノ宮先輩……常時不機嫌モードの姉貴をそう簡単に乗り越えられると思わない事だ。彼奴を倒したくば肉まんをたくさん用意して与え、太ったところをカメラに収めることだ。実際に打倒したいならその方法しかない。後の事は知らん。

　ふんふん、と余裕そうな表情で姉貴の言葉を流した四ノ宮先輩（※五割美化）

　ふっ……とシニカルなスマイルを浮かべるとまるでそこに姉貴が居るかのように指を差して言葉を返し始める。

「楓、お前は恵まれ過ぎだ。自分の好きな事だけをやり、好まれたい者にだけ好まれ、あまつさえ弟に弟してもらってるなんてさすがにズルいぞ！」

『別に好まれたいわけじゃないっつの。てかなに、あいつそこに居んの？　何でそんな話になってんの』

「佐城は——弟は風紀委員にもらうぞ!!」

『あんた今年一番やばいね』

　わかる。

　〝弟する〟ってなんだよ。前もどこかで聞いたことあるような気がするんだけど。頼むからその少女漫画モードで俺の名前出すのやめてくんねぇかな……。まるでもう俺が四ノ宮先輩の弟になったかのような言い回ししてたし。今度こそファンに刺されるわ。

『てか渉は生徒会だから』

わからない。

『ほらほら。あいつなら今度また肉まん一個で貸し出してやるから、今日は安静にしてゆゆと綾乃の言うこと聞いて安静にしな？　それともなに、凛にとってあの二人は頼りないってわけ？』

「そ、そんなわけないだろう！」

『――なら今日は大人しくしときな。話はまた今度聞くから』

「ううっ……ぜ、絶対だぞ！」

『うるさい』

切っ――ちょっ、おい！　最後の最後に突き放して切るなよ！

わかりやすくブツリと切れたスマホ。ギラついていたはずの四ノ宮先輩はしゅんと項垂れる。勝手に貸し出された俺も同じだった。まさか、夏休みに四ノ宮先輩を手伝ったときに肉まん一個分の取引があったとは……。俺への報酬が何も無かったのですがそれはどうなんでしょう、お姉様。

ツッコミどころ満載のやり取りだったけど、四ノ宮先輩を大人しくする分には姉貴をぶつけるのが最適だったのかもしれない。人によっては豹変する程のものであることはどっかからの情報で知っていたけど、四ノ宮先輩も大概ヤバかった。これを見るまで姉貴が世界で一番やばいと思ってたわ。

「う……うるさいって言われた……」

「あっ……あー！　えっと！　きっと楓さんなりの愛情だったんじゃないですか⁉　そうに決まってます！　そうよね佐城！」

「はぁ、まぁ、たぶん」

「たぶんじゃないでしょ⁉」

「たぶんじゃないです。あれは姉貴なりの愛情」

愛情（※愛情とは言ってない）

姉貴、絶対最後のほう面倒になってたな……や、実際面倒なんだけどな。にも拘わらず稲富先輩や三田先輩が側に居るというのは四ノ宮先輩の人徳の為せる業か。姉貴の周りは野郎共しか居ないから、姉貴の機嫌が悪い日はてんやわんやしているに違いない。本当にやばいときは「仕方ねぇ……一発くらい殴られてやるか」って気持ちになるからな。生まれる家を間違えたかもしれない。

若干幼くなった四ノ宮先輩を前に喋る石像と化していると、ポケットのスマホが震えた。

【あの日の凛に近付かない方が良いよ】

【や、一目見ただけじゃわかんねぇよ】

【ハァ……何で男ってのはこう……】

【今はやめろそういうの】

【何でも良いから隙を見て離れな。あたしにまで面倒かけんなっての】

【それはごめん】

【肉まんね】

この女、随所で肉まん要求してくるな……。もっと美味いもんあるだろ、結城先輩の弁当とか。あんなに一緒に居て食ったことないの？　あれより肉まんが勝っちゃう事なんてあるわけ？　大阪の肉まんなら可能性あるかもしれないけど。

「り、凛さん？　そろそろ戻りませんか？」

「うむ……ゆゆ、近くに」

「は、はい」

「はぁ……」

食べ終わった全員分の食器をかき集めて返却口に持っていく。このまま逃げ出そうとも思ったけど、ちらっと見たら三田先輩が四ノ宮先輩を支えながら片目でこっちを見てた。

執念を感じる。俺に纏わり付かれていた夏川はこんな気持ちだったのだろうか。

仕方なく三人の元に戻ったあと、四ノ宮先輩が動き出すと院長先生の総回診のような構図が出来上がった。学年で分かれる階段を上がるまでの記憶が無い。三田先輩の無事を祈るばかりだった。

「ずるい！　ずるい！」

どこから仕入れたのか、風紀委員ファミリーと俺が一緒に食事を取っていたことを芦田が知っていた。熱烈な自称ファンだけあって四ノ宮先輩と同じレベルの理不尽さで肩を叩いてくる。

「くっそ機嫌悪くて訳分からんかったぞ」

「えっ……？　あっ、そうなんだ」

ありのままを端的に伝えると、不思議と芦田は直ぐに引いた。えっ、何その訳知り顔……まさか、四ノ宮先輩のあれって有名なの？　やばくね？　知ってるの女子だけだよな？

夏川はどうだと視線を向けると、ふいっと目を逸らされた。今日はもう何も頑張れないかもしれない。

◆

「……ん？」

放課後。風紀委員――主に四ノ宮先輩との遭遇を回避せんと遠回りで生徒会室に向かっていると、西棟寄りの廊下で見覚えのある金髪を見つけた。やや俯きがちになっているせいか、前から歩いてくる俺に気付いていないみたいだった。名前は何だったか……確か、東雲クロマティとか、その辺の語呂だったと思う。アガサ・クリスティ的な。あれ、確かあいつハーフだったよな……それじゃマジもんの外国人じゃね？

高笑いと一緒に常に胸を張って反り返ってるイメージだったから意外に思う。そんな一面もあったんだな。ま、まさか……こいつも四ノ宮先輩と同じ日だったりしないよな……だとしたら今日の俺、確実に女難の相が出てるわ。朝の星座占いもランキングの後ろの方だったし。こんなにキャラ濃い人と出会うことなんてある？

「あ、平野……」

わずかに顔を背けて目が合わないようにしていると、急にクロマティが誰かを呼んだ。きっと知り合いでも見付けたんだろう。このまま見付からないようにと、一般通過佐城に徹する。

「……」

「ちょ、ちょっと平野！　無視ですの⁉」

「えっ……え？」

よし、行けるっ……と通り過ぎようとしたところで、クロマティに慌てて手首を掴まれた。どうして見付かったのか分からない。知り合いの平野さんと鉢合ったんじゃないの？

そう思って見回すも、辺りには俺とクロマティしか居なかった。何だよ、平野さん気付かずに見えないところまで行っちゃったじゃんか。やーい、無視されてやんの。

「ひ・ら・の！」

「え……？」

同情の目を向けていると、クロマティは正面から真っすぐ俺を見上げて〝平野〟と呼ぶ。

え……嘘だろ？　平野ってもしかして、俺のこと……？

――あっ。

記憶の底から俺とクロマティの関係性を引っ張り出す。そうだ、確かクロマティは結城先輩の許嫁で、結城先輩に並々ならぬ想いを持っていて、そんな先輩から同じく並々ならぬ想いを向けられている姉貴に嫉妬しているんだ。だから、俺はクロマティから姉貴の弟と知られるわけにはいかないんだった。

あっぶねぇ……普通に訂正して自己紹介するところだった。手遅れになる前に繕わないと。はい3・2・1、平野。

「――ども。お久(ひさ)し振(ぶ)りです。お元気でした？　名前何でしたっけ？」

「な、何ですのその軽いトーンは……しかも失礼じゃありません⁉」

「や、超久し振りじゃないっすか」

「東雲(しののめ)・クロディーヌ・茉莉花(まりか)ですわ！　二度目は無いですわよ！」

　七割くらい間違ってた。開き直っといて良かったわ……クロマティとか言ってたらマジでキレられてたかもしれない。そもそもお嬢(じょう)の方も俺の名前間違えてんだけどな。一度も名乗ったこと無いからなんだけど。

「そういえばあなた、〝東〟の生徒だったわね。確か、あの夏川愛華(あいか)さんと同じクラス……」

「はぁ……まぁ、そうですけど――うおッ⁉」

　頷(うなず)いた途端、目の前にびしっと人差し指が向けられる。何のつもりだと見下ろすと、お嬢は悔しそうな顔でこちらを見返していた。よし、口答えはやめよう。ここで何か言い返すと面倒な展開になるのが見えた。

「彼女(かのじょ)に伝えておきなさい！　体験入学では遅(おく)れを取りましたが、それでもこの私(わたくし)の敵ではないと！」

「は？　体験入学？」

「何であの方が呼ばれて私は呼ばれませんでしたのっ……⁉　こんなにも美しい顔をしているというのにっ……！」

「……ええ」

何の事かと思えば。体験入学で中学生の引率役に呼ばれなかった事を根に持っているらしい。確かに学年から見た目が良い男女を選んでたって言うもんな。お嬢の見た目なら確かに選ばれても不自然じゃなかった――見た目は。それを差し引いてもこのキャラじゃ厳しいんだよなぁ……相手が年下しか居ないのを良いことにご高説を延々と垂らしている光景が思い浮かぶ。夏川が選ばれたのは順当だったな。うん、そもそも並び立つ者が居ない。だって女神だし。

「クロディーヌさんのお手を煩わせるわけにはいかなかったんじゃないですかね。ほら、中学生とか何やりだすかわかんないし」

「そん――⁉　そ、そうなのかしら……？　って、気安く私の中間名を呼ばないでいただけます⁉」

「あ、えっと……何て呼べば？」

「東雲女史と！　そう敬いなさい！」

「おっけーです。東雲女子」

マジか……西側では女子のことを〝女子〟って呼ぶのか。なんと斬新な。分かり切っている性別をわざわざ呼ぶなんて失礼な気がしなくもないけど。確かに女子って男子のこと「ちょっと男子〜」なんて呼んだりするもんな。あれ敬われてたのか……全然知らなかったわ。

「まぁ良いですわ。それで？　平野はどうしてここへ？」

「うす。所用で生徒会室へ向かおうと」

「せっ、生徒会室……？」

「えっ」

あれ、何か急に表情が芳しくなく……俺何かマズいこと言った？　生徒会室と言えば結城先輩や姉貴が居るけど。二人がいちゃいちゃしてるところでも覗いちゃったか？　そんなわけないか。姉貴、Ｋ４に対してドライだし。まさかあの中の誰かとそんな関係にはならないだろう。違う、よな？

「そう……早く行きなさいな」

「あ、はい」

俺の懸念とは裏腹に、用向きを聞いたお嬢はもう話すことは無いと言わんばかりに身を翻し、歩いて行った。心なしか背中がしょんぼりとしているように思える。何か落ち込むことがあったのは間違いないのだろう。そういえば、今日は取り巻きのような生徒は居なかったな。

「……」

まぁ……気にすることでもないか。

「ちょっと。肝心の予算概算表が無いんだけど。許可押せないじゃん」

「うーん、と……」

姉貴の言葉を皮切りに生徒会室は慌ただしくなった。仕事を手伝う気も無さそうな轟先輩が何だ何だと机に伏せていた身を起こす。花輪先輩が手元のパソコンの中や周りを探るものの、その予算概算表とやらは見当たらないみたいだ。

「ふむ……どうやらまだ生徒会に上がって来ていないみたいだな。まだ文化祭実行委員のところにあるんじゃないか？」

「そういえば、去年と違ってあまり報告に来ないね、彼女たち」

「おかしいな……滞るような作業じゃないと思うんだが」

「……ハァ」

結城先輩と書記の花輪先輩を中心に話し合われる。それを傍らで聞いていた姉貴は面倒だと言わんばかりに溜め息を吐いた。姉貴はともかく、こういった真面目な姿を見ると生徒会がただのイケメン集団に見えてしまう。約一名、眠そうにしてる先輩も居るけど。

「渉。ほら取ってきて」

「おん？」

何だ。いま骨でも投げられたか？　思わず姉貴が顎で指す方向を目で追いかけてしまう。咥えて取って来いって？　俺は犬じゃねぇよ何言ってんだこの姉。とうとう頭おかしくなったか？　脳みそが肉まんに支配されたんじゃねぇの。

「何びっくりチキンみたいな顔してんの。文化祭実行委員のとこまで行って未提出のデータ貰って来いって言ってんの。特にさっき言ってたやつ」

「ああ、うん」

「ほら、腕章。そのまま乗り込んでもただの不審者だから」

「いや不審者じゃねぇだろ。俺、生徒」

雑な扱い──それは日常。真面目な仕事の中で任される分にはどんな雑用でも文句の言いようがない。姉貴なんかは家だとこのまま動かなくなるんじゃねぇのってレベルで怠けてるからな。こうもキリキリした姿を見せられると「しょうがねぇな行ってやんよ」ってツンデレな気持ちが湧いて来る。もはやある種の洗脳だろこれ……姉貴め、人生賭けて俺を社畜に育てようとしてやがる。

生徒会の腕章を腕に付けて文化祭実行委員会の教室に向かう。「こんなやつ生徒会に居たっけ?」なんて言われたらどうしよう。きっと佐城って名前を出して「生徒会室の犬です」とでも言っておけば大丈夫だろう。わふん。

ただ、未提出のデータをもらいに行くとなると一筋縄じゃいかない気がする。要はまだ済んでない仕事の成果物を出せっていうわけだからな。そういえば佐々木や夏川も居るんだよな……はぁ、マジか。

文化祭実行委員会の教室の前でひと呼吸し、ノックする。

「――失礼します」

教室に入ると、中に居た生徒の目が一斉に俺の方に向いた。一年生はともかく、諸先輩方からも見られると足を踏み出すのを躊躇ってしまう。

「えっ……わ、渉?」

「え、佐城……?」

最初に言葉で反応を示したのは夏川と佐々木だった。佐々木はともかく、夏川がいの一番に反応してくれたのは嬉しく感じる。二人はどうして俺がここに居るのか理解できないみたいだ。どれどれ、ちゃんと仕事してるのかな――って、ええ……?　何で二人ともあんなにファイルと書類積み上げてんの?　まだ一年なのにえらい仕事持ってるな……。夏休みに覗いた時はまだ忙しい感じはしなかったけど。佐々木が教室に持ち込むほどだからな……例年こんな感じなのか？　結城先輩はそんなに大変じゃないはずって言ってたけど。何にせよ、放課後にもかかわらずお疲れ様の一言に尽きる。

　黒板側の長机に座っていた女子の先輩が話しかけて来る。

「えっと……ごめんなさい？」

「ああ、ども。生徒会の代理で来ました、佐城って言います。実行委員長の長谷川先輩ですかね？」

「え、ええ。委員長は私だけど……〝佐城〟って、もしかして貴方――」

「ああはい。副会長の楓の弟です」

「っ……そう。それで、何の用？」

　柔らかい物腰に銀縁の眼鏡、後ろ髪が一本の束のような三つ編みになっている、特徴的でありながら真面目そうに見える先輩。良い人そうで良かったと思ったのも束の間、姉貴の名前を出すと警戒されたような気がした。おい、姉貴、やりづらくなったじゃねぇかどうしてくれる。

「あーっと……――ちょっと、廊下まで出れます？」

「……わかったわ」

言わば俺がやろうとしている事は取り立て。早く出せと突っつく様を夏川に見られたくないというのが個人的な感情だけど、それを別にしてもこんな全員の前で伝えることじゃない。とりあえず代表者に伝われば大丈夫だろう。佐々木はどうでもいいや。

夏川と佐々木の強い視線を感じながら長谷川先輩を引き連れて廊下に出る。少し先まで歩いて、改めて長谷川先輩に向き直る。おかしい……姉貴の名前を出してから秒を重ねるたびに厳しい目になっていく。何したんだよ姉貴……。

気を取り直して、弁の立ちそうな先輩に説明する。

「お話というのは生徒会室へ提出予定のデータについてです。箇条書きですみませんが、なる早で欲しいのがいくつかありまして……これが無いと生徒会側も仕事が滞ってしまう状況らしいんですよ。行けそうですか？」

「……」

雑な説明だったとは思う。それでも理解はしてくれるだろう。

結城先輩から預かっているメモを渡す。長谷川先輩は黙ってそれを見つめると眉間に皺を寄せて難しい顔をした。あっ……これすっげぇ嫌な予感がする。

「……ちょっと待ってて」

長谷川先輩が教室に戻る。中に入って大きめの声で実行委員全体に何かを呼びかけた。

がやがやと騒がしくなり、皆がいっせいに先輩の元に何かを集めている。さっきのメモに記載されたデータのようだ。データっていうか……書類？　結城先輩の口ぶりだとペーパーレスな感じがしてたけど、そうじゃないんだな。

その場で十分ほどの待機。結構待たされたな、なんて思いつつ、教室から出て来た先輩を迎える。

「ごめんなさい……今は、これだけしか……」

「え……？」

丁寧に渡された書類の束を見て思わず声が出てしまった。付箋が貼ってあって、ちゃんとどれがどの書類かが判別できるようになっている。ただ問題はそこじゃない。

「あの……え？　これ、全部手書きですか？」

「……」

いくら何でもアナログ過ぎる。この現代に書類のフォーマットから手書きとかあるか？　ちょっと受け入れ難い光景に、質問をしないという選択肢は無かった。

気まずそうに目を逸らす長谷川先輩。さっきも思ったけど、真面目そうで責任感もありそうな先輩だ。仕事が出来なそうな人には見えない。正直、その顔からこのアナログな書類が出て来るのが信じられなかった。

ふと、佐々木が教室で作業してたときからの違和感が蘇る。そして今、夏川と佐々木の傍らにはファイルや書類が積まれていた。他の委員も例外じゃない。カリカリとペンを走らせる音ばかりが響いている。奥の方でたった数人の先輩たちだけがパソコンに触れていた。いや、ちょっと待ってくれ。

「あの、先輩……？　つかぬ事をお伺いしますが、もろもろの書類は基本手書きで進めてる感じですか？」

こんな質問をする予定はなかった。生徒会や風紀委員を手伝った経験があるけど、手書きの書類なんてちょっとしたもので、後はパソコンを使ってデータとして管理しているものが多い。確か文化祭実行委員は……外部からの支援関係のものだけが決まって手書きの書類なんだったか。抱えているこの全部がそれ関係の書類ならまああって感じだけど……。

「……」

「あーっと……」

申し訳なさそうにして黙り込む長谷川先輩。答えを言っているようなもんだよな……。え、どういう事だ？　何でこんな事になってる？　パソコンを扱える生徒が他に居ないとか？　それともパソコンが無いとか？　や、でもこの学校、金は持ってるはずだぞ。それならもっと別の事情が……？　ええ……？

……何にせよ、いったん持ち帰るか。俺が状況整理しても仕方ないし。何なら俺の仕事じゃないしな。

「とりあえず、いただいた書類はこちらで持ち帰りますね？」

「あっ、ま、待って！」

「はぃい⁉」

生徒会室に戻ろうとすると、ガシッと腕を掴まれた。力強過ぎてビビる。危うく抱えた書類落としそうになった。

先輩に目を向けると、何かを恐れるような顔でこちらを見ていた。

「……言う、のよね？」

「そりゃまあ……言わないと。現に遅れてるわけですし」

「……そう……」

厳しい言葉だったけど、戸惑うことは無かった。

情が湧かないわけじゃない。その辺をちゃんとしておかないと姉貴にちぎって投げられるからだ。書類がじゃない、俺の体が。

後輩、しかも生徒会の犬のような分際で生意気な話かもしれないけど、夏川が居るからと言って、〝文化祭実行委員会〟そのものの味方になれる気はしなかった。

悔しげに手を離す長谷川先輩。まるで本当に借金を取り立てているみたいであまり気分が良くない。これが何か不合理な都合のせいなら、さすがに同情する。

「……」

……念のため、もう一回教室のぞいとくか。

〝何かやばそう〟。肌で感じた感想がそれ。これが本当に問題なんだとしたら、実情を確かめた上で生徒会に持ち帰らないと姉貴から肉まんの刑に処されそう。肉まんの刑って何だ。

長谷川先輩に事情を話して教室の中にお邪魔する。全体を見渡してから、身近な存在である二人に小声で突撃取材しに行く。すぐ側で女子の先輩が迷惑そうな目で見て来たけど、今は気にしないようにしよう。

「よう佐々木、夏川」

「佐城、お前。いつの間に生徒会に？」

「副会長にゴリラ居るだろ？　あれにパシられてんだ」

「ご、ゴリラ？」

「……渉。それ、もしかしてあんたのお姉さんのことじゃないわよね？」

「えっ」

佐々木に説明してると、夏川が咎めるような目で言ってきた。やばい、怒ってる。夏川の前で〝姉〟なる存在を下げる発言は迂闊だったかもしれない。俺との気まずさとかはどうでも良いみたいだ。おのれ姉貴……夏川を味方に付けるとは。

「あ、いや……うん、姉貴。姉貴の手伝いをしてる」

「お、おう……」

夏川のただならぬ気迫に怯えた様子の佐々木が返事をする。気を取り直そう、雑談しに来たわけじゃないんだ。

「あのさ、書類見せてくんね？」

「え……？　や、これは関係者にしか見せられなくて――」

「生徒会代理っつったろ。関係者だよ関係者」

「あっ……」

二人の手元の書類を手に取る。片方は『クラス題目リスト』。全クラスから集めた出しものをリスト化しているものらしい。そしてもう一つは今年度の外部から参加する関係者をまとめたものだ。悲しいことに、漏れなく手書きなのが一目瞭然だった。

「……これさ、パソコンでやるみたいな話は無かったの？」

「パソコン？　え、こういうのって手書きでやるイメージだけど」

「……」

生の声。佐々木がこう言うって事は……もしかして、最初から何もかもが手作業だったということか……？　や、でもわざわざそうする理由って何だ。全体を引っ張っている三年生はパソコンを扱えるみたいだし、誰かが扱えないからって全部が手作業になるとは思えない。高校だぞ？　ここが中学とかならまだ納得できたかもしんないけど……鴻越、一応エリートの息子とかも通ってる進学校だぜ？

「……渉……？」

「あ、いや……」

訝しむ顔が表に出ていたのか、夏川が不安そうにのぞき込んで来た。可愛い——いややや見惚れてる場合じゃない。そんな顔をさせて悪いけど、今は夏川と話すことは何もない。早めに生徒会室に戻った方が良さそうだ。

◆

生徒会室に戻ると、姉貴と花輪先輩は俺を待っていたかのように手を止めていた。案の定、回収して来た書類を見て怪訝な表情を浮かべた。まるで仕事ができない奴を見るような目で見て来る姉貴をいったん宥め、さっきあった事を説明する。

「――てな感じで。実行委員側の進捗はあまり芳しくないって感じでした」

「……それは」

「……」

お目当ての書類が半分程度しか持ち帰れなかった事で姉貴の機嫌が急転直下。や、急転してねぇな……火に油？　奴のこめかみに波動を感じる。肉まんを与えねば……血糖値と引き替えに僅かな安息を得るのだっ……！

「――妙だな」

「……だね」

「えっ……妙？」

結城先輩は俺の言葉を額面通りに受け取らなかった。花輪先輩も同じ感想みたいだ。いつも浮かべてる微笑みを消して結城先輩と二人して考え込んでいる。クール系のイケメンが二人になっちゃったんだけどどうする？　俺も考え込む？

「本当だとして、委員会は何故それを生徒会に報告しない？　仕事の内容はともかく、作業環境については生徒会側の案件だ」

「実は まだ逼迫していないという事では？」

「ないんじゃないか。それならわざわざ下級生に無様を晒さない」

「ひゅう……きっついねぇ」

甲斐先輩も自らの考えを挙げたものの、結城先輩は直ぐに否定した。轟先輩がそんな結城先輩の辛辣な言葉に場を突くような言葉を返す。そんなおふざけを誰も怒ったりはしなかった。恐らくこれが生徒会の日常なんだろう。俺だったら先輩が先輩じゃなかったら蹴り飛ばしてた。

「――力量の問題でしょ。実際、この有り様だし」

「姉貴」

「渉、あんたもう良いよ。帰りな。後はこっちで調べる」

「えっ」

え、良いの？

面倒ごとの気配がムンムンと出てる中で帰宅許可出ちゃったよ。すげぇホワイト企業じゃん。繁忙期に定時で上がるのを許されたみたいなもんだろ？　半端ねぇな。何が半端ねえって、よく考えたらここの社員でも何でもないってとこだよな。全然ホワイトじゃなかったわ。部外者に仕事させせんな。

素直に帰ろうとすると、結城先輩が俺の肩に手を乗せた。

「待て楓。渉にも手伝ってもらったらどうだ？」

「は？　何で。こいつ部外者じゃん」

部外者に仕事を押し付けてたやつが何をいうのか。また押し付けられるのは嫌でしかないけど、その爪弾きのされ方は気に食わない。結城先輩、もっと言ってやってください。

「今さらだろう……聞いた話では、渉は実行委員に知り合いが居るんだろう？　そういった繋がりはあった方が良い。俺たちでは一般生徒との距離が遠い」

「こいつを関係無いことに巻き込むつもりはないって言ってんの」

「弟なんだろう？　佐城楓の弟が、この先もずっと無関係で居られる保証がどこにある」

何やら意味深な会話。結城先輩はその会話を俺に聞こえないようにするつもりが無いみたいだ。姉貴も不穏な雰囲気を纏い出したし……嫌な予感しかしない。まるで俺が何かに巻き込まれるような言い方をしなかったか、今。

「……あの、甲斐先輩。どういうことです……？」

こそっと甲斐先輩に尋ねる。こういうときはなるべく距離の近い人に頼るに限る。年が近いというのも大きいな。それでいて生徒会そのものに執着が無いのも知っているから訊きやすい。

「……去年の十一月まで、生徒主導の行事の運営は学校に対する支援の多い生徒――すなわち、西側の生徒というのが通例だったんですよ」

「あー……っと？」

「色々といざこざがあったんです。その中で、偶然とはいえ東側の台頭を積極的に牽引する形になった一人が――」

「拓人。うるさい。黙りな」

「っ……はい。すみません」

「……」

姉貴の声がぴしゃりと甲斐先輩を黙らせた。そんな強く当たらんでも……。甲斐先輩。家での俺みたいになっちゃったじゃん。何というイケメンの無駄遣い。甲斐先輩が喜ぶのはもっと嗜虐的な冷たさだぞ……うん、眼鏡イケメンの無駄遣いだわ。

姉貴は結城先輩に「巻き込むつもりは無い」といった。つまり、姉貴がいきなり俺を遠ざけようとしたのは今回の問題に例の〝東と西〟問題が関わっている可能性があるからだったのか。

今の話を聞く限りだと、去年の文化祭実行委員会はほとんどが西側の生徒で構成されていたという事になる。でもそれだけじゃ俺にはまだ例の問題が関わっていると予想することすらできない。いったい何を思ってそう判断したのか……。

「楓。俺だって渉に深入りさせるつもりは無い。そこは信じろ」

「……。あくまでこいつは無関係。何も知らない一年がただ手伝うだけ。何かあったら
──颯斗、金輪際あんたに付き合ったりしないから」

「……ああ。それで良い」

……そうだな、それで良──くなくない？　俺の意思は？　今のとこ薄い手伝いくらいなら受けてやらん事もないって理由でここに居るんだけど。あれ、何かさらりと面倒ごとに巻き込まれようとしてないか。

「──二人とも。今はとにかく一刻も早く調査しよう。去年との実態の違いを洗い出さないと」

「ああ、そうだな。直ぐに取り掛かろう──渉、とりあえず今日はもう良い。雑用が必要なときはまた呼ばせてもらう。礼はきちんとする」

「え……え？　あ、はい──えっと、はい」

訳の分からないまま用済みと告げられる。結局俺は面倒ごとに関わることになるのか。謎に包まれたままだった。ただ報酬は弾んでくれるらしい。なるほど？　つまりエージェント契約ってことですか。

不穏な気配が漂ったままの生徒会室を後にする。何となく、放り出されたのは今からする事が面倒だからだと理解した。姉貴も含め気を遣ってくれてたんだな。理解が及ばな過ぎて気付くのが遅くなったわ。願わくば、このまま何も手伝わされることがありませんように。

◆

帰るべく廊下を渡って昇降口に向かう。その間、生徒会室であった事を考えてしまうのは仕方のないことだった。今後、文化祭の運営に関わる機会があるかどうかはわからないけど、強いて気がかりがあるとすれば、それはやはり夏川が実行委員会に携わっているという事だ。動きが滞った影響で、夏川に変なしわ寄せが行かないと良いけど。

……ちょっと、様子でも見て行くか。

「────……あ?」

廊下の角を曲がった瞬間、妙なものを目にする。文化祭実行委員会の教室から出て来た二人の女子生徒──と、一人の男子生徒。あのムカつくタイプのイケメンは見覚えがある。佐々木だ。片方の女子から肩に腕を回されて歩いている。何だあれ……。

「はー、やってらんねーわ。タカもよくあんな真面目にやるよね」

「えっと……まぁ」

「上が真面目にやんないんだし、あたしらが真面目に付き合う必要ないもんね」

スマホの時間を見る。まだ最終下校までは時間がある。文化祭実行委員会はまだ作業の途中のはずだ。それなのに、佐々木を含めた三人は鞄を持って教室から離れて行く。不思議な光景を見て感じた謎の不快感は直ぐに違和感に変わった。

「うそだろ」

信じ難い予想をしてしまう。さらに嫌な予感がして、慌てて教室の中を窓越しに覗く。

さっき訪れた時に積み上がっていたファイルや書類。それがどうなったか。

教室の後方、二年生側の端の二つは空席に。その隣、廊下側の一年生の佐々木が座っていた席も当然のようにもぬけの殻になっていた。ぽっかりとその空間だけ人が居なくなっている。その近くの机の上には、アナログの結晶が積み上がっていた。

まるで——その隣に座る夏川に全てを押し付けるかのように。

気が付けば体が動いていた。

「失礼します」

室内全員の顔が向く。何で、と思った。この扉を開けるつもりはなかった。こんな注目されるつもりはなかった。教室の前方、顔をやや蒼白にしている長谷川先輩が怯えるように俺を見て来た。

「……えっと、まだ何か？」

「一年C組。抜けた男子の代わりです。生徒会は関係ありません」

「え……は、はぁ」

先輩には俺が手の平を返したように見えたことだろう。先ほどまで悪の手先のような立場だった俺から手伝うと言われ、理解が追い付かない気持ちはよくわかる。

「――え……」

許可を貰うまでもなく、佐々木が座っていたはずの席に着く。隣に座っている夏川が困惑に満ちた声を零した。どうしてと思っているだろう。大丈夫だ、俺も思ってる。

「わ、渉……？」

「夏川。この紙、どこ埋めなきゃいけないかサクッと教えてくんない？」

「えとっ……佐々木くんはっ、サボった訳じゃなくてっ……！」

「ああうん。良い。何となくわかるし」

見たところ、佐々木の肩に腕を回していた女子は二年の先輩だった。抵抗できなかったんだろう、相手が異性とはいえ、その腕を振りほどく事はできなそうだった。真面目なあいつの事だから、仕事を放り出すかたちでこの教室から抜け出すのは本意ではなかっただろう。

逆らえなかったという理屈(りくつ)は理解できる。でも、同情心は少しも湧いてこない。

「えっと、渉……？」

「……」

お前、夏川好きなんじゃねぇのかよ。

「……」

「……」

夏川だけでなく、教室の全体から戸惑うような視線を浴びつつ最終下校時刻を迎えた。

当然だけど、大量にあるあらゆる書類の全てを手書きで進めて作業が終わるわけがなかった。セキュリティの観点で外への持ち出しは認められていない。残った分は種類別に回収され、明日また再振り分けされるらしい。

自然な流れで、夏川と一緒に教室を出た。

「……いつもこうなん?」

「え……?」

「佐々木というか。その隣の先輩たち」

「えっと……」

廊下を歩きながら夏川に訊くと、どうやら最悪の状況ではないらしい。もしかして余計なお世話だったかもしれない。少し意外だったせいか、なるべく合わせないようにしていた目を向けてしまった。

「え、違うの？」

「佐々木くんと同じサッカー部で、マネージャーをやってる先輩よ。最初は佐々木くんを通じて色々と教えてくれてた」

「……え？」

〝色々と教えてくれてた〟――なるほど、良い先輩だ。ただ今の言い回しを聞くに、あまり良くない側面もあったようだ。それがさっきの光景につながるのだろう。色々と教えてくれたというのも、佐々木の前で良い顔をしたかっただけかもしれない。こればかりは邪推かもしれないけど。

「たぶん、委員会に嫌気が差してるんだと思う。前からよく愚痴は零してたから……」

「……」

どの部分に、とは訊けなかった。あの教室の中はおかしいところだらけだ。わざわざ確認するまでもなく分かっている。実際に行動に移さなくともあの現場でこき使われれば俺だって悪態をついていたかもしれない。中学時代、事務系のアルバイトをしていた経験もあってか、余計に今の文化祭実行委員会の酷さが目に余った。

「……佐々木もそうなわけ？」

「そんなわけないじゃないっ……逆らえないだけよ。井上先輩、サッカー部のキャプテンの彼女さんらしくて……『もうこんなとこ抜け出して部活行こうよ』って言われて……」

「……」

自分で訊いておきながら続きを聞きたくなくて、思わず上を向く。危ない、思わず舌打ちまでするところだった。

あの二年の先輩たちが実行委員会を不審に思う理由が理解できてしまう。佐々木がどんな気持ちであの教室から抜け出したのかも何となく想像がついてしまう。だからこそやるせない気持ちになる。夏川に仕事を押し付けた事を全力で非難できないのが悔しい。仕事を押し付けられてなお、夏川が佐々木たちを擁護しているのがもどかしくて仕方ない。

寒がるように両腕を擦って気を紛らす。

酷い怒りを覚えている。自分が自分ではないみたいだ。それなのに、この矛先をどこに向ければ良いのかわからない。佐々木か？　あの二年の先輩たちか？　長谷川先輩か？　それとも俺をこき使う生徒会の連中か？

「ちょ、ちょっとっ……！」

歩みを進めていると、夏川から袖を掴まれた。怒りのあまり、足が速くなって夏川を置き去りにしかけていたらしい。有り得なさすぎて自分で驚く。俺が夏川をうっかり忘れてしまうなんて。

「待っ——ぁ……」

立ち止まって振り向くと、思ったより近くから夏川が俺を見上げていた。俺を止めるのに勢い余ってしまったらしい。必死な顔も、驚く顔も、相変わらずどれも俺にとって絶景でしかなかった。

パッと夏川が離れたことで、まじまじと顔を見つめてしまっていた事に気付いた。どうやらまた見惚れてしまっていたらしい。いつになったら俺は夏川に慣れるのだろうか。

怒りの感情も、惚れ惚れした感情も俺の意識を理性の埒外に連れて行っていたらしい。

絶景が遠ざかることで湧いて来た現実感が、そんな本能を置き去りにしてくれた。

怒りの向け先はわかっていない。ただ、自分がどうしてこんなに怒っているのかは再認識した。

——この絶景を歪ませる意味がわからねぇんだわ。

「……」

「……っ……」

夏川を見ると、口をパクパクとさせて見るからに狼狽えていた。それほどまでに至近距離から見た俺の顔がショッキングだったらしい。これは謝るべきだろうかと迷ったところで、夏川が動いた。

「か、買い物があるからっ！」

落ち着かない様子のまま、夏川はそんな言葉を残して俺を追い抜き去って行った。絶景がさらに遠ざかる。夕日に照らされた雪化粧のスポットを新幹線で横切って置き去りにして行くような。そのくらいの名残惜しさ。推しのアイドルのようなはずだった存在に風情を感じてしまい、自分自身に「お前まともじゃないよ」と自嘲してしまう。

もうこれは恋じゃないのかもしれない。それでも、あの存在を手元に置いておきたいという傲慢さは何一つ変わっていないように思えた。

自分の恋の仕方に、少し自己嫌悪した。

◆

「姉貴は？」

「さあ？　部屋じゃない？」

風呂上がり。いつもならリビングのソファーを占領してグダってる姉貴が今日は居なかった。よっしゃと思ってそこに座って寛いでいても、何故だか妙にそわそわしてしまう。落ち着け俺……気付くんだ、俺はあの女の僕じゃない。自分の家のソファーで寛いだってなにも悪くないんだ、目を覚ませ。

そう自己暗示しても落ち着かないものは仕方ない。すっかり心は隷属してやがると諦めて、自分の居城に向かうことにした。やっぱり風呂上がりは冷たいジュースだぜっ……！カラカラと氷がグラスに当たる音を聴きながら階段を上がる。姉貴は疲れてるのか、二階からは何の物音もしない。いつもならギャル友か知らないけど誰かと電話してたりするもんだけどな。今日はそんな気分じゃないらしい。最近は姉貴も特に疲れてるみたいだしな。やっぱり生徒会なんて入るもんじゃないな。

機嫌を悪くするのは良いとして、そんな自分の機嫌をとるために俺を巻き込むのはやめてくんねぇかな……。今後そういうのは一人で気分転換でもしてどうにかして欲しい。俺の不機嫌なんかは安いもんで、部屋に閉じこもって動画を垂れ流し、スマホゲームをポチポチとするだけであら不思議。次の瞬間にはいつものさじょっちになっているわけよ。

……あれ？　部屋の電気点けっぱなしだったっけ？

「おかえり」

「ぬァッ……!?　痛えッ!?」

おおおおおおおおおおおおッ……！

驚きのあまりゴッンとドアに肘を打ち付けた。それだけなら大して痛くないものの、手に持つグラスを死守したのが仇になったらしい。足の指をドア枠にぶつけた。悶絶級の痛みに耐えながらも。一滴も零れてないグラスをそっと床に置いた。

「怖ぇよッ‼　なに人の部屋のベッドに普通に座ってんだよ⁉　ビビるわ！」

「は、うっさ」

俺しか居ないはずの部屋。何故だか電気が点いていて、ベッドのど真ん中で微動だにせず誰かが座っていたら本気でビビるのは当たり前。マジで一瞬気付かなかった。『おかえり』じゃねぇよマジでお還りするところだったわ。

「え？　え？　マジで何の用？　部屋間違えた？」

「んなわけないでしょ」

この女、人の部屋のベッドを占領しといて何でこんなに偉そうなん？　せめて腰かけろよ。居間感覚で足伸ばして広く使ってんじゃねぇよ。

家族に勝手に部屋に入られたくない気持ちは姉貴だって知っているはず。そもそも俺と姉貴は家ではプライベートには不干渉というのが基本だ。それが当たり前のはずなのに、こうして勝手に侵入なんて真似をしたのはいったい何故だろう。

「……もしかして、生徒会の」

「ああ、文化祭実行委員会の話ね」

それなら俺の部屋に来たことも納得でき──ない。それと勝手に人の部屋に入ることは別の話だ。絶許なんですけど。色んなとこ漁ってねぇだろうな……見たところ大丈夫そうだけど。

「んだよ。何か分かったの」

「……」

「や、別に乗り気とかじゃねぇけど」

サイドテーブルにグラスを置き直してベッドの左側に腰掛ける。今さらながら俺がこだわり抜いて作り上げた快適空間に姉貴が居ることに違和感を抱く。人のプライベートの極みにずかずかと入り込んで来やがって……。

真面目な話か、と思って後ろに座っている姉貴に耳を傾ける。確かに学校の良くない話を親が居るリビングとかで話すわけにはいかないわな。

俺が話を聞く姿勢になるのを待っているのか、姉貴はその場から動こうとしない。いや動けよ、そもそも来客を想定した家具の配置になってねぇんだわ。床に座れよ床に。

「おい姉貴、そこから──うぉっ」

降りろ、と言おうとした瞬間、視界がぐわんと揺れた。分かったのは肩を強くつかまれたということ。俺の体が大きく揺さぶられたということ。痛みを覚悟したものの、無事だったということ。

次の瞬間には天井の蛍光灯を見上げていた。

「——……は？」

…………は？

意味が分からない。疑問を口にしたところで頭はなかなか動き出してくれなかった。

俺の部屋にしては異質な匂いがする。知っている、これは姉貴専用のボディーソープの香りだ。リビングのソファーにも染み付いているから嫌でも記憶に残っている。普段なら気にならない程度のそれは、今では鼻の奥をツンと刺激するくらい強いものになっていた。何せ——それは姉貴の体からほぼダイレクトに伝わってきているのだから。

「…………え、なに？　は？　え？　どゆこと？」

どうしてこうなった。

気付かないうちに俺が何かとんでもない失態をしでかしてしまったのだろうか。そうでなかったらこうしていきなり姉貴に真上から見下ろされる構図にはならなかっただろう。どこでボタンを掛け間違えてしまったのだろうか。

「……っ……！」

俺の肩を掴んで後ろに引き倒した犯人は、結果的に俺の頭を左から腿に乗せることになり、表情を大きく歪ませた。この上なく嫌なのに、まるで俺から脅迫されて強要されているかのような、そんな殺してやると言わんばかりの猟奇的な目をしている。解せぬ。

「………頭でも打ったん？」

「う、うっさいッ……」

有り得なさすぎて逆に冷静になれた。

後頭部から伝わる、未だかつて感じたことの無い姉貴の腿の肉感。ああ、こんな感じなんだなとだけ思った。特に何かしらの感慨を抱くこともない。そもそも俺の中に比較対象がなかった。能天気に考えているものの、実際はそんなに楽観視している場合ではないのだろう。

少しでも動けば俺の命は無くなる——そう本能で察した俺は、姉貴を刺激しないようにそっと眩しい蛍光灯に薄目を向けた。今から喧嘩に臨まんとするような、姉貴の深い息遣いが落ち着くその時まで。

もう死ぬしかないとき、人は何を思うだろうか。今までの後悔か、それともただひたすらに走馬灯が頭の中を駆け巡るのだろうか。なに？　そんなものは銀行強盗の人質にでもなってみないとわかるはずがない、だって？　ノンノン。

……俺、最期に何食ったっけ。

「ぷは」

「ちょ、俺のジュース」

「はぁ……はぁ……」

何らかの一線を超えそうになっていた姉貴は俺が用意していたジュースを流し込むと、クールダウンでもしたかのように一気に落ち着き始めた。だからと言ってまだ油断はできない。

膝枕？　違う、これは命ァ握られてやがるのさ。起き上がろうと試みたらそっと鎖骨の辺りに手を添えられた。勇気を出して押し返そうと試みてもビクともしなかった。人の領域の力とは思えない。俺は自分の体に頭上の人物と同じ血が流れていることを疑った。とてもじゃないけど平等に分け与えられているとは思えなかった。

さて、いい加減に現実を見よう。現実逃避をするにしても相手が姉貴では夢見る男子にもなれない。いい加減に起き上がって良いかと伝えようとしたところで、姉貴の手に細長いものが握られていることに気付いた。

「………何それ」

「耳かき」

ちょっと待ってマジで怖くなって来た。この女、いったい何しようとしている？　もしかしなくても俺に耳掃除をしようとしていないだろうか。え、何で？　心当たりは無いことも無いけど何で？　俺らそんな仲じゃないじゃん。そういう姉弟で今まで売って来なかったじゃん。

「左」

「おんっ⁉」

姉貴にいきなり左肩を跳ね上げられる。横になった俺は否応なしに姉貴に左耳を差し出すようなかたちになった。

怖すぎてそのまま転がって前に逃げようとすると、姉貴が突然膝を少し立てて俺の回転を止めた。怖っ――え、マジでやろうとしてる？　冗談じゃなくて？　実は耳掃除じゃなくて耳から脳みそを摘出しようとしてる？

「覚悟しな」

「ちょちょちょちょちょちょッ⁉　ちょっと待ってマジで⁉　ほんとマジで‼」

少なくとも耳掃除をしようとしているようには到底思えないセリフ。思わず恐怖が限界に達した。施術。そうこれ施術だわ。ミイラ作りという名の俺の脳みそチュルチュル事件が起ころうとしてるわ。無理無理無理無理。

「なに!?　何なの本当!?　怖いんだけど！　怖いんだけど！」

「るっさい。じっとしろ」

「んぐっ」

慌てて起き上がろうとすると押さえ付けられて元の状態に戻(もど)される。左側頭部に強い圧力。この女(アマ)ッ……俺が抜け出せないようにもう片方の脚(あし)で頭を挟(はさ)んで固定していやがるッ……！

どんな悪魔(あくま)面してやがるんだと目だけ動かして見上げると、その先には至極(しごく)無表情の顔があって思わず固まってしまった。

「……」

「……何だよ」

いい加減にしろと言わんばかりに吐(は)き捨てても、姉貴はその無表情を変えなかった。膝枕する人間の顔とは思えない。そもそも膝枕かこれ？

「……ウチら、普通の姉弟じゃないんだって」

「……は？」

稀(まれ)にある姉貴の奇行(きこう)。今回はこれかと思っていると、姉貴が突然(とつぜん)ワケの分からない事を

言ってきた。意図が読めない。それを俺に伝えてどうしたいというのか。脳みそがパンクしそうだ。今から取り出されるかもだけど。

「あんたの言うとおりだった」

「は？」

「玉緒（たまお）のとこはもっと仲良さそうだった」

「たまお」

誰？　マロニーの人？

急に知らない名前を出されても困る。姉貴の知り合いだろうか。どうやらそこの家庭も姉弟構成らしく、仲が良いらしい。いや知らんがな。

「馬鹿（ばか）なダチだけど、基本的に言ってることは正しい奴なんだわ。何となくあんたとの話をしてみたら、『そんなの姉弟じゃないよー』って笑いながら言われた」

「ほ、ほう」

よく分からないけど、天然そうなダチであることはわかった。その割に真理を突（つ）くような人だから、ズバッと言われて普通に心に傷を負ったと。

「あんたも、ウチら仲良くないみたいなこと言ってたし……あたしも自分が荒（あ）れてた事くらい分かってるから。やっぱそうなのかなって」

「はぁ」

え、つまりどういうこと？　普通の姉弟になりたいってこと？　確かに前に普通の姉弟の一例として〝耳掃除〟を挙げたけども。あれは年の差とか年代とかも踏まえた上での発言であって！　高校生同士の姉弟が耳掃除するというのは普通の姉弟とは言えないのではないでしょうか！

「まぁその、だから、なに……せめて一つくらいと」

「や、絶対にこれ間違えて──」

「うっさい」

「んぐッ……──ひえっ」

左耳の中に異物感。細く硬いものがガサゴソと音を立てた。マジかよ……本当に始めやがった。怖すぎて一ミリも動く事ができない。そもそも姉貴、誰かの耳掃除とかしたことあんのかよ。本当に死を覚悟した方が良いんじゃないか……？

勢い余って奥までぶっ刺される想像をしてしまう。顔から血の気が引いて行くのが分かった。いっその事、このまま意識を失った方が楽に死ねるのでは……？

「ビビりすぎ。んなミスしないって」

「へ、へぇ……？　実は俺以外にもやった事が？」

「あ、手が滑る」

「やめて」

耳かきの先端が五ミリ深くなった。デリケートゾーンに突入した気がする。おかしい、耳かきってこんな綱渡りな過程があったっけか。割合で鼓膜突き破るようなリスクがあるなら耳掃除なんか誰もしねぇよ。だいぶ昔にお袋にしてもらった時はもっと気持ち良くてウトウトする感じだったたと思うんだけど。

「あんたさ、前にも訊いたけどマジで凛とどういう関係なわけ？」

「え？」

今度は何だ。四ノ宮先輩？　どんな関係って言われても……〝姉貴の知り合い〟っていう認識だけどな。姉貴と同様、たぶん喧嘩しても絶対に勝てない相手で、その気になれば周囲の環境を簡単に作り変えてしまいそうな先輩。たぶん姉貴以外に対等な親友関係は務まらないと思う。あと二人とも結婚できないと思う。

良からぬことを思ってると、頭の締め付けが強まった気がした。

「今日、いや日頃から凛がめんどくさいにしても、男を欲しがる系の奴じゃないでしょ。知り合いの相手が自分の弟とか結構イヤなんだけど」

「や、そんなんじゃないから。まず俺のこと〝男〟って意識してないだろあの先輩」

「……『どうせ可愛がらないなら寄越せ』って言われたんだけど」

「衝撃の事実なんだけど」

　ペットか俺は。今日の四ノ宮先輩の話だよな……？　そんなに食い下がったのあの人。

　そんな寄越せって言われて簡単に寄越されるほど人間は安い生き物じゃないのよ。そもそもあの人の俺を見る目は姉貴と同じだろ。俺の事を義理の弟か何かと錯覚している。

「玉緒と喋った時も『一人っ子かと思ってた』って言われたし」

「出たな玉緒」

「『お姉ちゃんっぽくないけどわんちゃん手懐けてる飼い主感は有るよね』って半笑いで言われたし」

　玉緒さん煽り属性強ない？　それ俺じゃなくて生徒会の面子の事言ってんじゃねぇの？　少なくとも俺は手懐けられたつもりはないぞ。ほら、こうして拘束されていないとじっとできない。

「悔しかったのね」

「次、反対」

「おんっ!?」

　肩を持って前に転がされ、ベッドからはみ出てる下半身に引っ張られてベッドから落ちる。そのまま転がらなくて良かった……どっかのタイミングで姉貴の脚にキスするところだった。

「逆サイド回れ。腹の方に顔向けんな」

「その転がすのやめてくんね？」

あと話聞けよ。耳掃除ももういいから。いや、早よじゃなくて。言いたい事はわかったからわざわざ性に合わないことしなくても良いんだよ。わざわざ移動してその膝に頭を乗せに行く方の身にもなれ。高校生の姉弟だぞ。精神的におかしくなっちまいそうだ。

「………」

今度は右耳。

気が付けばわざわざ移動して姉貴の脚に頭を乗せていた。厳密に言えば反対側に腰かけたところでまた引き倒された。無言の圧に負けた。決して手懐けられたわけではないと強く弁解する。そう、これは脅し。従わなければ無傷では済まされないのだ。姉貴は自分が満足するまで止まらない。もはや諦めるのが賢い選択だった。玉緒さん、いつか復讐してやる。

「あんた、あのメチャ可愛の子とどうなったわけ？」

「なに美容師トークしてんだよ……」

「姉として訊いてんの」

何か世間話始まったんだけど……そもそも自分の姉に話すような事じゃないだろ。今日も気まずい場面あったし、どうなったかって言われても疎遠まっしぐらとしか言うことがない。席替えで前後になった事は凄く嬉しいけど、俺が求めているのはそういう距離感じゃないんだよな。少し遠くから、生き生きとした夏川を眺めていたい。ただ夏川を推したいだけなのだ。そういう意味では前後の席というのはあまりよくない。夏川が放つ女神の威光を背中から浴びることは最高の一言に尽きるけども、肝心の視覚情報がない。俺は夏川を眺めていたいんだよっ……！

——なんて、姉貴に言えるか？　言えるわけが無い。姉弟という関係だけならまだしも俺の姉貴には性別の壁がある。我ながらこんなキモいことを女に理解してもらえるとは思えない。

「——俺は姉貴の方に興味あるね」

「は……？」

「イケメン好きなのは知ってる。んでもってあの生徒会の面々……そろそろ誰が本命なのか弟に報こ——奥はやめろぉ!!」

「余計なことはしゃべるな」

こ、この女ッ……鼓膜を破りに来やがった！　話題の内容すら選択権を与えないつもりか⁉　極悪非道にもほどがある！　人に耳掃除するからには気持ち良くしなさいよ！　いつか彼氏にする日が来るかもしれないんだからさぁ……！

　そもそも耳掃除してあげるような関係の姉弟が姉貴と俺みたいにバチバチなわけがないんだよなぁ……絶対に夏川姉妹みたいに仲良いって。違和感しかないからこの状況。玉緒さんのところだってそんな感じのはず。

「……玉緒さんのところ、弟さんいくつ？」

「小五だって」

「おい」

　小学生じゃねぇかッ！　そりゃそんだけ姉と歳の差ありゃ耳掃除もしてやる程度に可愛がってるだろうよ！　俺と姉貴の関係とはまたわけが違うだろ！

「姉貴？　俺いま高校生。玉緒さんとこのリトルブラザーとは年季が違うの。見てみ？　姉貴より背ぇ高いし。もう大人なの大人」

　小学生と同じ扱いたぁ舐めてくれる……何ならアルバイトを通じて社会経験だってそこそこ積んでるんだ。自分で働いて手にした金があるんだよ！　もはや社会人という領域に片足を突っ込んでいると言っても過言ではないのだ！　子ども扱いするな！

「――でも、あんた注射とピーマン嫌いじゃん」
「はっはっは」
こりゃあ一本取られましたな（笑）

「さじょっち。愛ちと何かあったでしょ」

文化祭実行委員会の様子がおかしいと発覚してから三日目のこと。夏川と気まずい事になっている事が芦田にバレた。もはや確信しているようなトーンで階段際まで引っ張られたから覚悟を決めるしかなかった。教室であの近さで夏川と喋らないのが芦田にとっては違和感だったらしい。夏川からはこの前の放課後、強引に手伝ってからちょっと避けられている節がある。少なくともあちらから話し掛けてくる事はまず無くなった。私は貝になりたい。

「……わかる？」

「ずっと居心地悪そうな顔してるよ」

ええ……やだ、そんなに顔に出てた？　実は気まずいだけじゃなかったりして。夏川がずっと俺の後頭部を見つめていると思うとこう、むず痒さがね。朝に身だしなみ整えるときとか特に意識するからな。「あ、今日も後頭部見られるわ」って。

「てか愛ちが露骨すぎるし」

「えっ」

そう……なの？　席が前だから夏川の様子なんて全然わからない。夏川が狼狽えるイメージなんて無いし、俺の方が顔に出まくってると思ってたわ。どんな顔してるんだろう……俺が知らないのに他の野郎どもがその顔を見ていると思うともやっとする。

「……今までがおかしかったんだろ。俺と夏川って本当なら普通に友だちをやって居られる関係じゃないからさ」

最近に至るまで、俺が意識していても夏川とは気まずくなるどころか接する機会が増えていた。最初はどうして、何故だと考えたものだけど、夏川がその辺のところを意識していなかっただけのように思える。もともと外の世界に興味が向いていなかったみたいだし、本気で恋愛なんかどうでも良いと思ってたんじゃなかろうか。だからこそ、俺を拒んだ過去なんて夏川にとってはそんなに大きいものじゃなかった。友人関係に罅を入れる出来事に値しなかった。

恋……か。今となっては俺も同じなのかもしれない。少し前までは『これこそが恋！』って感じに燃え滾るものがあったんだけどな……不完全燃焼というか、独占欲は無くなったのに想いだけ忘れられずに今に至ってしまった。大人でなくても分かる。きっと俺は次の恋に進むのが大変だろう。

だけど後悔が無いだけまだマシだ。こんなの、経験しておくに越したことはない。もし次に誰かを好きになったとしたら、今度はきっと上手くいくんだろうな。

「――俺、正社員になる」

「なに言ってんの」

高一にしてもう青春が終わったような気持ちになってたわ。何だろう、次は大人の恋愛がしたい。今を楽しむとかじゃなくて、ほんのりと結婚を意識した恋愛みたいな？　そういうのが一つあるだけで、パートナーと同じ方向を向けると思うんだよな。笹木さんと付き合えたらそんな感じになるのかな……。

笹木さん中学生だったわ。

何にせよ、夏川と気まずくなっている件に関しては何かアクションを起こそうとは思えない。俺にとっては順当なことで、それがあるべき本来の形だからだ。

「なんか……さじょっちはもう大丈夫なんだね」

何故だか少し落ち込んだ様子の芦田が苦笑いで言ってくる。

や、大丈夫ではない。満身創痍の状態で可能な限り最善手を打とうとしているだけであって、傷口は今のところぐじゅぐじゅだから。止めどなく血が溢れてどうにか止血しようとしている段階だからな？　心は痛いままだから。

「はぁ……難しいなぁ」

「難しい……？　何が」

「別に。さじょっちのターンはもうとっくに終わってたんだなってさ」

「え？」

俺のターンが終了していたらしい。最善手、まだ考えているだけで場に出せていないんだけど。

ただ、夏川との関係性を変えたいという意味では確かに俺がすることはないかもしれない。もはや夏川次第だ。俺との関係性をしっかりと把握してなお、まだ俺を芦田の言うところの〝居場所〟とするか。それともこのまま気まずい思いで過ごし、ただのクラスメイトに落ち着くか。

俺にはどうしてそれを芦田が残念そうにするのか分からなかった。

「戻ろ」

「あ、おう」

袖を引かれて教室に向かう。まるで案内でもされているかのようだ。俺が途中で逃げるとでも思っているのかね。

芦田の考えは窺い知れない。何も分からない以上、そこに触れるのは野暮な気がした。ただ一つ、何があったとしても、夏川と芦田の仲が壊れるような事は絶対にあってはならないと思った。

◆

正直に言おう、夏川と前後の席がつらい。

嫌というわけじゃない。すべてはこの気まずさこそが原因だ。話す事なんて何も思い浮かばないのに、席から移動するたびに夏川と目が合ってしまう。無視なんてできるはずがない。別に俺は夏川を積極的に遠ざけたいわけじゃないんだ。そんな事をすれば罪悪感で死ぬ。

「……あー……今日の古文の課題？」

「……そ、そうだけど」

教室に戻ったタイミングで目が合った。否応なしに話しかけると、夏川は俺の顔色を窺うように返事をした。夏川がするような事じゃないんだけどな……勝手に惚れて、フラれて、まだずるずると意識している俺が招いたことなのに。真正面からキモいと言われても

文句言える立場じゃないんだよなぁ。

失敗に気付いたのはその直後。会話の途中で席に着いてしまった。このままでは体を横に向けたまま会話を続けるしかなくなってしまう。自分から話しかけといて背を向けるとかあり得ないしな。どうやってこの状況を潜り抜けよう。

打つ手なし……どうする？　歌う？　もう奇行に走るしか手段なんて思い浮かばないんだけど。

「——あの、さ」

「！」

気が触れていると、まさかの夏川からの御言葉。久しぶりに夏川から切り出してくれたような気がする。ここで嬉しくなってしまうのが俺なんだよな。誰かに惚れるってマジで病気だわ。理屈で説明できない速さで感情が変わってしまう。

夏川を見ると、気まずそうだった様子に一つ、別の感情を乗せていた。

「その……文化祭、どうなるのかな……」

「……」

不安そうな表情。見つめる先は何もない机の上だった。

浮ついた気持ちが引っ込む。この前の文化祭実行委員会での出来事がまだ尾を引いていたようだ。あの時の夏川は気にしていない素振りだっただけに、完全に予想外だった。

「……あれから、何かあったのか？」

「……」

夏川は小さく首を横に振る。

きっと、何もないことが問題なんだろう。実行委員として取り組む中で、進捗の遅れを肌で感じてるはず。自分だけが意気込んだところでどうにもならない、もし間に合わなかったらどうなってしまうのだろう。そんな不安に苛まれているのだろう。

もしこんな事態になることがわかっていたなら、俺は夏川が文化祭実行委員になることを全力で阻止していただろう。推しが苦しむとわかっていながら黙っているわけがない。

ただ、既に走り出してしまっているこの状況……俺は無力だった。何か、正当な理由で手伝うことができれば良いんだけどな。

「姉貴が……生徒会が動いてっから」

「……そうなの」

言ったところで、夏川を元気づけることはできなかった。こんなもので諦めたくはない。

どうも夏川は気負いすぎのように思える。まだ一年生なんだから、何かあったら先輩が責任を取ってくれるくらいの気持ちで居れば良いのに。これも〝お姉ちゃん〟としての責任感みたいなのがそうさせているのだろうか。

何にしても、最初から最後まで全力で臨まなければならないなんてことはない。我が家の姉なんかはメリハリの鬼だ。生徒会室に居るときは鬼人のようにテキパキと働き、家に居るときはデブ猫のごとく動かない。生命活動すらしているのか怪しい。夏川もそのくらいすれば良いんだ。愛莉ちゃんの前だからってだらしない姉で居てはならないなんてことはない。

それでも頑張ることがやめられないのなら。楽にさせてやるだけだ。

「何かあったら呼んでくれて良いから」

「え……？」

「俺、帰宅部だし。もうすぐクラスの準備が始まるけど、昼休みは別だし。結局いつもみたいに暇だと思うんだわ。気軽にこき使ってくれよ。どうせ、そういうの慣れてるし」

「慣れてるって……でも」

「何もなくてもどうせまた姉貴にこき使われるに決まってる。どっちにしたって大差ないんだわ。だったら姉は姉でも夏川にこき使われた方が良い」

「な、なっ……!?」

ありのままの気持ちを伝えると、何に動揺したのか夏川は不安そうな表情を崩した。あり得ないものを見るような目でこっちを見て来る。おかしい……ここは「ありがと、渉」と優しい微笑みを向けてお姉ちゃんムーブをするところでは……？

「なに言ってるのっ……！」

言葉に詰まっていた夏川は袖で顔を隠す仕草をしながら椅子ごと後ずさった。失言箇所が分からなくてただじっと夏川を見てしまう。袖の隙間から見える夏川は顔を赤くしていた。

「み、見ないで……」

「ご、ごめんっ……」

とんでもない辱めを受けたかのような声で拒絶された。見たこともない様相に何故だかイケないことをしているような気持ちになる。

それが堪えられず、ただ謝って体を前に向けるしかなかった。

◆

四限を終え、鞄の中から財布を取り出す。相変わらず夏川とは気まずいまま。横を通る際、露骨に目を合わさないようにしているのが分かった。俺の食欲が消え失せた。帰って寝たい。

もはや習慣であることだけを理由に売店へ赴くべく、教室を出ようとする。出入口を越えようとしたところで、俺の前に一人の男子生徒が立ち塞がった。

「渉、今いいか」

「ひえ」

突然の生徒会長、結城先輩。生徒会室で見るのとは迫力が全く違う。周りの顔面偏差値と比較すると余計にイケメンが際立っている。え、この人こんなに身長高かったの？　マジで横に立たないで欲しいんだけど。

姉貴や本人の過去の発言から昔はチャラ男だった説があるけど、こうやって教室の入り口に寄っかかってる姿を見るとどこかその気配を感じる。いわゆるモデル立ちというやつだ。何なの？　ＮＯＮ－ＮＯなの？　いっそのことストールでも巻けよ。めっちゃ長いやつ。

内心悪態を吐きながら見上げる。改めて前にすると迫力が凄い。本能が「お前はもう、負けている」っと告げて来る。もはや平身低頭するしかなかった。

「ど、どうしたんすか？」

「この前の件についてだ。喫緊の話だったからな、あれから他の家の者も抱き込んで調べた」

「え、ええ？」

〝抱き込んで〟の辺りで後ろの方から黄色い悲鳴が聞こえた。そっちの意味じゃねぇよ、と頭の中でツッコミを入れようとしたものの百パーセントの自信が無い。違う、よな？　そっちの意味の〝抱き込んで〟じゃないよな？

「蓮二とも話し合って、お前にも話すことを決めた」

蓮二……花輪先輩のことか。誰のことか把握するのに一拍かかってしまう。生徒会長と書記が話し合って決めたって何だよ……怖すぎるんだけど。

「嫌な予感がするんですが……」

「ここでは話せない。付いて来い」

やんわりと関わりたくないと伝えても察してくれたりはしなかった。や、察してはいるんだろうけど、お前に拒否権は無いといったところか。喫緊って言ってたし、割と真面目な話なのかもしれない。無理にでも頭の中のスイッチを切り替えないと付いて行けなそうだ。

気持ちを引き締めながら先輩の後ろを歩く。するとどうだろう、不思議な光景が目に入った。何で同じ制服を着てるのに腰がそんなにキュッとなってんの？　制服ズボンなんか普通はまあまあダボついてるよな？　何でそんな何もかもスタイリッシュな感じなん？　用足すときもスタイリッシュだったりすんの？

こんなときに限ってどうでも良いものに目が向いてしまう。天から与えられたものの理不尽さに打ちひしがれてしまい、なかなか真面目スイッチを入れることができなかった。

◆

連れて来られたのは東校舎と西校舎を結ぶ南側の連絡通路。そこからすぐ出た脇にある休憩スペースだった。通路を少し進んだ先に中庭まで一気に下れる螺旋階段がある。

その手前に、巨大な岩をコの字に切り出したような椅子——椅子って呼んで良いのかアレ？　があった。どうやら座って休む場所らしい。全面グレー。インスタ映えの対極に位置するような環境だな。インフルエンサーレベルのユーザーが数時間で発狂しそう。

そしてそんな無骨な椅子の真ん中に、俺と結城先輩を待ち構える大柄な体格の男子生徒が居た。

「石黒」

「——はい」

呼ばれて返事をしたのは、何やら気難しそうな眼鏡の先輩。ネクタイの色からして二年生だろう。前髪をガッと上げたビジネスマンのようなヘアスタイルも相まって、正直制服が似合ってない。その上にスーツのジャケットでも羽織れば一気にそれっぽくなるだろう。仕事ができそう。

石黒某は結城先輩とアイコンタクトを取ると、その場でムンッと仁王立ちして俺と目を合わせて来た。

「二年の石黒だ。颯斗さんとは個人的な繋がりもあるが、家同士の関係もある。まぁ、そういう関係だと思ってくれ」

そそそういう関係ッ……!?

——なんてのは冗談で、たぶん財閥的な何かが絡んだ繋がりがあるんだろうと思っておく。それにしても結城先輩と違ってガテン系というか……そのくせ暑苦しそうには見えない辺り、R15映画に出てくるヤッさんの若頭的な何かを感じる。結城先輩繋がりだし、見た目通り頭切れるんだろうな。

「どうも、佐城です……」

「佐城……あの女の弟か。似てないな……」

「ありがとうございます」

「……。まぁ、色々あるんだろう……」

俺は石黒先輩の事が好きになった。この人は見る目がある。

何だろう、気が強そうなのに気が弱そうにも見えるこの感覚。苦労性なのかな……いずれにしてもクセの強い人じゃなさそうだ。不思議と安心感がある。体格もパねぇし、意外と一ノ瀬さんあたりと相性良かったりして。ただ俺の勘が告げてる、この人たぶん冗談とか通じないタイプだわ。あまり肩の力を抜けないかもしれない。

「渉」

「何ですか――えっ」

嬉しい事に結城先輩は俺の昼を準備してくれていた。これが美味ぇんだ。何なら出会い頭から期待してた。有り難く頂戴いたします……このご恩は姉貴でどうでしょう。お釣りは要りませんよ。

それぞれ場所を広く取り、コの字になるように腰掛ける。超イケメンと喧嘩強そうな人と屯する感じは悪くない。俺のステータスにバフが掛かりそうだ。今なら姉貴に勝てねぇな。やっぱり姉貴を打倒するなら逆兵糧攻めに限るわ。

「早速始めるぞ」

「は、はい」

「文化祭実行委員会の件についてだが……俺は過去の文化祭準備期間における金の動きを、拓人には現在のより詳細な実態を、石黒には過去の文化祭の実績について探ってもらった――石黒」

「はい」

もらった弁当に箸を巡らせながら話を聞く。俺ががっつり弁当を食べているっていうのに、結城先輩は何も食べず石黒先輩は菓子パン一つだけを手にしていた。何だこの申し訳なさは……片や高身長、片やガテン系の体格なのに小食ってどういうことだよ。ＤＮＡを感じさせる動きやめろ。

結城先輩に応えた石黒先輩は横に置いていたバインダーを手に取った。何枚もの紙が挟まっている。優秀な側付き感が半端ないな。若頭と呼ばれていても驚かないぞ。

「甲斐が調べた情報が全てだと思ったが、さらに探りを入れるとどの方面でも問題がある事が判った。そのため、人員を増やしてさらに規模を広げて探った」

「……探った？　直接訊いたんですか？」

違和感を覚えて尋ねると、結城先輩が代わりに答えた。

「いや、直接的な接触は避けた。これについては佐城から聞いた話にきな臭さを感じたというのが大きい。他でもない、内部に知り合いが居たお前なら話は別だったかもしれないが……まぁ、楓の意向だ」

この学校にはかつて何らかの差別問題があった事は知っている。ビジネス街のすぐ隣に位置するこの鴻越高校は、どこぞの役員の息子や娘が通っていたりする。生徒によっては親が莫大な支援金を学校に寄付するなどの金の動きがあり、学校側はそれに見合った誠実な対応を求められるなどという事があったようだ。次第にその配慮は露骨になって行き、ついには在学生をとある条件で東校舎と西校舎に分けた。それがやがて片方の生徒の増長を招き、大問題にまで発展したとのことだった。

再度、石黒先輩が口を開く。

「調べた結果だが、落差こそあるものの問題は大きく三つに分けられる」

「三つ……」

「順序立てて説明する。まず一つ目だが、去年の文化祭と運営形態が異なる事が判った」

「……？」

それは果たして問題なのか。文化祭なんて毎年テーマも出し物も変わるんだから、そりゃあ準備の進め方なんかも変わって行くんじゃねぇの？

「諸事情により去年までは生徒会やイベント運営はほぼ西側の生徒の意向が採用された。近隣の企業間の柵も絡まりやすいこの学校では教員や生徒の中にも関係者が多く……まぁ、幅を利かせる者も少なからず居たわけだ」

「はぁ……そうらしいですね」

姉貴が俺に聞かせたくない話の中にはその辺が絡んでいそうだ。まぁ難しそうな話だし、無関係で居られるならそれに越した事はないんだけど。それでも生徒会に引き入れようとする姿勢はいったい何なの。

「そういった輩によって直接的に影響を受けたのがこの鴻越高校の文化祭だ。裏金だけは無駄にあるものだから地域を巻き込んで規模が肥大化し、毎年その準備に追われる事から早期に取りかかる事が慣例となり、準備手順はマニュアル化された」

「まぁ、良い事っすね」

「今年もそのマニュアルを基に準備が進んでいるはずだ。去年まで西側の生徒にお株を持って行かれていたとはいえ、東側の生徒の経験者も少なくなかった。だから——何も問題は起こらないと思われた」

思われた。嫌な予感を現実に変える言葉だ。そんな言い回し、悪い事が起こってからでないとまず使われない。何かがあったんだろうな。マニュアル化したことで文化祭に悪影響を与えた、そんな厄介な何かが。

「——そのマニュアル化された手順は、もはや何年も前から使われていなかったんだ」

「つ、使われていなかった……？」

「準備はその手順に則って進み、西側はそのやり方に沿った文化祭の準備を忠実にこなしていた――書面上はな」

「具体的にはデータ上では、だけどな」と結城先輩が付け加え、石黒先輩は忌々しいと言いたげにバインダーで左の手を打ち出した。怖い怖い。見た目が完全に用心棒のソレになっている。戦闘キャラに例えたらSTR高めでSPD低いタイプ。魔法とか使わなそう。

「えっと……？　何か特別な事をしてたって事ですか？」

「〝外注〟だ」

「ほぁっ」

ががが、〝外注〟？　外注ってアレだよな？　本来は関係者じゃない外部の人間に依頼して仕事の一部をやってもらう的なアレだよな？　依頼するわけだから、当然〝報酬〟だって必要なわけで……え？　ただの高校がそれをすんの？　どういう採算の取り方してるわけ？　生徒の自主性どこに行った？

「文化祭の規模の拡大はリスキーである反面、成功すれば立派な功績になる。学校――ひいては地域への〝貢献度〟を競う温床になっていたんだろう。改めて今年の文化祭の企画書を洗い直すと、現状、その規模は実に去年の二・五倍になる事が判った」

「にっ――⁉」

石黒先輩は続ける。これは調べれば簡単に判ること。しかし、内容が目に見えるものではないため、わざわざ事前に調べようとすること自体に無理があったのだと。

「それは、その……去年の記録とかに残ってなかったんですか」

「言っただろう、〝書面上は〟と。去年までのソレは全て非公式に行われた事だ。支援金に見せかけた裕福(ゆうふく)な家庭のポケットマネーで、あたかもボランティアであるかのように。だから規模についてはデータとして残されなかった。おそらくもっと詳細に調べれば、実際は去年の文化祭の方が規模が大きいことがわかるだろう」

「でもその、それなら過去にやった仕事の形跡(けいせき)とかがデータとして――」

「消されていた」

……は？

消されていた？　何で？　何のために？　自分の学校の事だぞ。

「え、えっと？　話を聞く限りじゃ去年だけじゃなくて一昨年(おととし)も、その前も〝外注〟が横行してたんじゃないんですか？　毎年そんなデータが消えるような偶然(ぐうぜん)が続くとは思えないし……去年も同じように困ったんじゃ？」

「生徒会のバックアップデータを何とか復元させて判明した事だが……去年、及(およ)びそれ以前の非公式なデータが消されたのは——去年の十一月末の事だ」

「は？　十一月末……？」

何で？　文化祭の本番は十月初め。データが消された時期との関連性がわからない。何でわざわざ去年の生徒会は学校行事のデータを消すような真似をしたんだ……？　これがちゃんとした仕事とかだったら一瞬で首チョンパだぜ？　昔、事務のバイト先に居たチャラめの大学生がやらかして姿を消してた。

いったい何故……？　なんて首を傾げていると、神妙な顔の結城先輩が腕を組んだままうんざりしたように口を開いた。

「——生徒会の、引き継ぎの時期だ」

「……」

結城先輩の言葉を受け、尚も忌々しげな表情の石黒先輩が溜め息を吐く。俺にとっては相変わらず?な内容だった。何となく前生徒会が悪意をもってデータを消したのは分かった。ただ、結局その理由はまだわからないままだ。

石黒先輩が俺に説明するように口を開く。

「あの女の意を汲んで具体的な内容は省くが——去年、東側の生徒と西側の一部の生徒の運動によって、西側の行き過ぎた優遇措置を大々的に抑え付ける出来事があった。それによって当時、学校の運営に深く関わっていた生徒会や各委員会の上級生は、退陣を余儀なくされた」

「退陣」

「例によって、その生徒会や各委員会の首脳陣は西側の生徒で塗り固められていた」

「首脳陣」

海外の政治のニュースとか歴史の授業でしか聞かない言葉なんだけど……え、何となく察してたけどこの学校って思ったより闇が深い感じ？　ていうかうちの姉貴、生徒会の副会長なんですけど。結構関わってる感じ？　今になって俺にしわ寄せとか来たりしないよな？　まさかまさかとは思ってたけど……。

「──これは、去年の生徒会あるいは生徒会長による、現生徒会への置き土産なんじゃないかと考えている」

あー、あー、聞こえない。俺は何も聞いていない──なんて誤魔化すには時すでに遅く。

結城先輩が「わかったよな？」と言わんばかりの目で見てきた。

理解はできたものの、まだ一年の俺には荷が重すぎる内容……少しでも油断してたら「それを聞いてどうしろと？」と呟いてた。たぶん石黒先輩から熱い拳が飛んで来てたわ。口の中に米を詰めていて良かった。

え、一つ目終わり？　なかなかヘビーな内容だったと思うんだけど。こう、是正案とか併せてハッピーセットにしてくれないと。胸の中にモヤモヤが残ったままなんだけど。このまま問題点だけ聞かされていく感じ？

俺の動揺に気付くこともなく、石黒先輩が続きを説明して行く。

「これは佐城弟、お前から得た情報を元に甲斐が調べた結果だ」

「は、はひっ」

急に名前を出されて思わず肩が跳ね上がる。俺の話したうっすい内容が何かの役に立つとは思えないけどな……ほとんど甲斐先輩の力で分かっていそうだ。

「三日前、実行委員会から書類を取り立てたそうだな」

言い方よ。

決して取り立てというものなどではない。せめて〝お使い〟って言ってくれねぇかな。それに姉貴に使われる事をそんな言葉で片付けるのは生易しすぎる。あれは〝生活習慣〟って言うんだぜ。

「お前の報告通り、確かに渡された書類のほとんどが手書きで纏められていた。外部からの支援、有志の書類だけでなく、内部資料も含めてもれなくだ」

「はあ……そうでしたね」

「原因は文化祭実行委員会の顧問だ」

「……は？」

　あのアナログの極致のような手書き書類の原因が、文化祭実行委員会の顧問……？　そもそも顧問が居たことすら初めて知ったんだけど。だって前にあの教室覗いた時、中に先生なんて居なかったし。それに、原因が先生……？　余計あり得ないんだけど。何でバリバリの社会人がこの期に及んでパソコンを使わずに全部をペンで仕上げるんだよ。

……や、ちょっと待て。全部手書き……？

「……………まさか、現社の尾根田……？」

「具体的には現社と政経担当の尾根田等、だな」

　聞いた話じゃ齢六十を超えているらしい。見た目はお爺ちゃんの先生。授業中に私語をしようものならネチネチと長い説教が始まるから、いつもはしんと静まり返った五十分間を強いられている。中間・期末考査と、答案用紙が全て藁半紙にマジックペンで手書きしたのをコピーしたものだったのが強く印象に残っている。日頃から字の小さい女子が、読みづらいからと正答をハネられたなんて事件がちらほらとあったような……。

「まさか、これも……？」

「いや、これは教師の持ち回りの問題だな。基本的に学校行事の顧問は責任ある者が就くそうだが……その、なんだ。実は尾根田は去年の運動で声高らかに〝東側〟の味方をしていた人物でな……騒いでいただけだが、都合が良かったから放っていた」

また面倒な。

聞けば、尾根田はただ古参ってだけの存在。幾度の異動を繰り返し、教師納めのために舞い戻ってきたようなお爺ちゃん先生。ていうかそもそも、確か今年の文化祭のテーマって〝新たな時代〟的な何かじゃなかったっけ？　何でその準備の責任者が昭和色、しかも主張強めの人間なんだよ。

「一つ目の問題もそうですけど、その……解決策はあるんですか？」

あってくれないと困る。問いかけると、結城先輩は冷たく言い放った。

「ある。ゴリ押しにはなるが、今年も外部に協力を求めるしかあるまい。無論、生徒会と文化祭実行委員会に割り当てられた予算を使ってな」

「予算は――」

そっと尋ねると、石黒先輩が答えてくれた。

「実行委員会は厳しいようだが……幸いな事に去年の生徒会が駄々っ子だったらしくてな。

その時の予算を学校側が必要なのだと勘違いしてそのまま今年にも回されているようだ。意地の悪い連中でも、流石にそこまでは予見できなかったんだろう。

「……だが、それでも心許ないのは確かだ。だから、〝外注〟ではなく身内の者を使う。幸い、蓮二の家は第一線で活躍するＩＴ企業だ」

おいおいおいおい！　もはや学校行事の範疇の話じゃなくなって来てる気がするんだけど⁉　本当に何で俺を呼んだ？「気になってるだろうからとりあえず教えとくわ！」って感じなんですよね⁉　そうなんですよね⁉

石黒先輩が続ける。

「また、尾根田に関しては煽ててお飾りにさせる。こちらの思惑に気付いてかつてのように騒ごうものなら責任を取ってもらうだけだ。中途半端に文化祭準備の進め方に干渉しておきながら、問題を放置させた責任をな……」

「ひえっ……」

こ、怖っ！　石黒先輩怖っわ！　お爺ちゃん先生労わる気ゼロじゃん！　いや、黙ってお飾りにされる分には穏便に済んでいる方なのか……？　いずれにせよ尾根田先生、ご愁傷さま……これが、時代のテクノロジーに置いて行かれるってやつか。

「花輪先輩は乗り気なんですか……？」

「本来なら面倒に思うだろうが……それは三つ目の問題に関係する」

「え……？」

「まあ……これがまた楓に伝えるのが憚られる話でな……」

石黒先輩はけろっとしてるものの、結城先輩は眉間に皺を寄せて苦々しい顔をする。姉貴に伝えるのは憚られると言われても想像ができない。あの姉、世の中に気に入らないものたくさんあるから。

戦々恐々としていると、結城先輩を尻目に石黒先輩が呆れたように教えてくれた。

「——実行委員長の長谷川智香は、生徒会の花輪蓮二に恋慕を抱いている」

「は……？」

あれ、何か急に甘酸っぱい感じに……あれ？　今までの小難しい話は何だったんだ？　最後にその話持ってくるの……？　一番どうでも良い話のような気がする。え、マジで言ってる……？　反応に困るんだけど。

結城先輩が顰めた顔を元に戻すように、手の平で顔を擦って俺に目を向けて来る。俺の意を汲んだのだろう。

「気持ちは解る。だがこれがまた面倒でな……蓮二に無様な姿を見せたくないからと、長谷川は委員会の進捗状況を生徒会に偽って報告していたらしい。どこかで帳尻を合わせねばと躍起になっていると聞く」

「頑張ってください」

「待て。聞け」

早々に手放そうとしたら、割と強めに黙らされた。まぁ本当に逃げるつもりはなかったけども。だからと言ってまだこれ以上関わりたいとは思わない。前の二つ以上に厄介なニオイがする。

「女というものは、こと色恋沙汰になると非常に繊細に扱わなければならない。今ここで長谷川に突拍子も無いことをされたら困るんだ。ここまでは良いな？」

「…………？」

「……佐城弟。一部の男のみが理解できる次元の話だ。生憎だが俺にもわからない」

……………え？

つまりイケメンに限ると。自分で言うならまだしも他人に言われると納得できないものがあるな。そうは言うものの、強面なだけで石黒先輩だって整ってる方だからね？ サスペンス俳優に向いてそうな顔だよ。傷口舐めあってるフリして俺の傷口に塩塗り込んでるだけだから。超痛いから。

結城先輩の口振りだと、恋愛が絡むと女子はとんでもない行動に出て場を掻き乱すと言っているように聞こえる。何という偏見。これがモテる男の悩みというやつか。

「そのために、蓮二は『惚れられた責任を取る』と――」

「え、ちょ、え……？　〝惚れられた責任〟？」

「……？　何を言っている。当然だろう？」

「………え？」

「おい佐城弟っ、深く考えるなっ……とりあえず流しておけっ」

当然？　これが当然だと？　つまり惚れられた責任とやらを取ることは常識で、ひいてはこの日本の文化であると？　はーそうですか、どうせ俺は非常識ですよ。実は日本生まれじゃなかったかもしれません。紛争地帯にでも移住しますかね。

「――とまぁ、蓮二については問題無い」

「………そうっすか」

ここで非モテ男子の理論を展開したらどうなるだろう。そう思ったものの、全く理解されない気がしたからやめた。わからないって顔されたら俺にダメージが入る。

問題無い。そう、問題無いんです。もはや結城先輩が言うんだから間違いない。そういった概念が世の中にあるって事を新しく知っただけだ。そう、これは大人の階段を一歩登ったってこと。みんな！　惚れられた責任――とっていこうな！

「問題は楓の方でな……今回の長谷川の働きは、楓が最も嫌悪する部類に入る」

「……確かに」

それは深く同意できる。筋が通らないことを最も嫌いそうだからな。自分可愛さに仕事を疎かにしたなんて個人的事情は姉貴にとってマジ切れ案件でしかない。同じ女なら色恋沙汰とか同情できそうなものだけどな。このイケメン達を前に平然としてる今の姉貴には通じないだろう。その割に俺に対する筋が疎かになっているのは気のせいだろうか。俺がピーマンを残すのを許してくれないのは筋違いじゃないかね？　無理やりインフルエンザの予防接種に行かされた恨みはまだ忘れていない。注射痛かった……。

結局それも姉貴のスイッチなんだろうな。私事ならともかく、多くの人が関わる仕事で私情を挟み、大きな悪影響を与えたというのがアウトなんだ。

「……そもそもどこか勘付いている節があってな。文化祭準備が始まった当初から、楓はどこか長谷川に厳しいんだ。何故とは思っていたが、調べてみて合点がいった」

「ちょっと？」

イケメンじゃなくても分かる、女子の〝勘付いている〟は確信しているのと同じだから。尻尾が見えてしまっているこの状況だと、いつ姉貴に知られるか分かったものじゃない。どうやって隠し通すつもりなんだろうか。

「それは……結局、どうするんですか？」

「全体としての作業人数は事足りている。だが、マネジメントできる人数が足りてない。作業員が足りていようと、管理する人間が居なければ組織は瓦解してしまう。長谷川は身内で手一杯だろうから、今以上の働きは期待できないだろう」

「えっと……」

「――つまり、長谷川とは別で、外部の協力者と鴻越の生徒を現場で連携させる人物が必要だという事だ」

石黒先輩に言い直してもらうことでようやく理解できた。外部の協力者を得たとしても、じゃあ何をさせれば良いのかを伝えなければならない。その作業体制が固まらなければ、幾ら金を払って人を集めようとも烏合の衆になってしまうわけだ。

石黒先輩が続ける。

「そのためにはもちろん文化祭実行委員会――ひいては長谷川智香とも密な連携を取ってもらう必要がある。しかし、生徒会は生徒会で遅れた資料やデータを迅速に捌く必要があるわけだ」

内容は把握できた。けれど、これに関しては単に仕事面の解決策を練っただけでは完ぺきとは言えない。

　結城先輩が腕を組んで俺を見た。

「だが、今回ばかりは長谷川と楓の接触にリスクを感じている。お前の姉の即断力と胆力は非常に優秀だが、できない人間――ひいては、使いものにならない人間の気持ちは理解できないと思っている」

「は……？」

　姉貴が、できない人間の気持ちを理解できない……？　そんな事はないだろ。なんたって身内にこの俺が居るんだぞ？　理解できないって事はないと思うけど。

「あの、姉貴はその辺は寛容じゃないっすかね？　弟の俺を見てるわけですし、何度やっても駄目駄目な奴なんて見慣れてると思うんですけど……」

「……？　何を言ってる。お前は実際に生徒会で実務をこなしてる技量があるだろう、四ノ宮も評価してるようだしな。それに、最近は特に楓が生徒会の誰かを叱る時はお前を引き合いに出しがちだ」

「は……？」

「『うちの弟でもできる』。これは最近の楓の口癖だ。悠大が口酸っぱく叱られている。なかなか効いているみたいだぞ」

　いや轟先輩はそもそも仕事しないじゃん？　寧ろ比較されたくないんですけど。引き合いに出すならもっと普通の人に――いやそもそも引き合いに出すなよ。俺が全く知らない人に同じセリフ吐いてるんじゃないだろうな……知らないところで恨みでも買ってそうで嫌なんだけど。

「それにお前……中学の時点でチームとして動くノウハウすら経験しているだろう。おそらく楓と違って折衝にも向いている。お前のどこができない人間だと言うんだ」

「や、別に折衝とか……ってちょっと！　何でそんな事知ってるんですか！」

　俺が中学時代に親戚の紹介で年齢を偽ってバイトをしてたことは誰にも話していない。姉貴は勘付いていたらしいけど、おそらく親父もお袋も知らないだろう。だと言うのに、何で結城先輩がそんな事知ってるんだよ。姉貴がぺらぺらと話した……おのれ、人の個人情報をっ……！

「楓に弟が居ると分かった以上、俺が調べないわけないだろう？　まったく……今まで一切存在を明かさなかったくせに、弟の存在がバレた途端にこれだ」

「…………？　…………？」

「佐城弟……聞き流せ……」

　理解が追い付かない。とりあえず姉貴からの流出じゃない事と、結城先輩はただのイケメンじゃないことがわかった。姉貴が惚れない理由の一端を垣間見た気がする。石黒先輩ですら額を押さえていた。その顔で苦しんでると銃弾でも受けたように見えるな。

「ともあれ、こちらとしてはそんなお前に是非ともその役目を担ってもらいたいと思っている」

「ちょ、ちょっと待ってください！」

冗談じゃない！　誰が好き好んでそんなくそ面倒な役目を引き受けるというんだ！

『担ってもらいたい』じゃねぇよ。俺、ただ使いパシリさせられるだけじゃん。姉貴ならまだしも、姉貴でもない第三者が俺を使うのはおかしな話だ。

「あの、正直にぶっちゃけますが、俺が生徒会の手伝いをしているのは姉貴がやれと言っているからです。七面倒な姉貴を拒めばもっと面倒くさいことになりますし、数時間程度の拘束なら素直に従っていた方が後々楽になるからなんですよ。姉貴のアレが無かったら生徒会を手伝ったりなんてしていません。そのうえ本来手伝う義務も無い仕事の責任を負えって事ですか」

　思わず大真面目に文句を言ってしまった。今回に限っては姉貴は関係ないし、俺が生徒会を助けてやる義理も無い。俺と結城先輩の繋がりには間に姉貴が居るんだ。そこを通さずに仕事を手伝えというのは、さすがに生徒会長という立場を悪用している。

「……別に、断ってくれても構わない」

「……え？」

「だが――良いのか？　代わりの人間の用意は出来るだろうが、見通しは立っていない」

「へ？」

言っている事の意味がわからない。

断っても良いなら断るに決まっている。それなのに、結城先輩は文化祭の準備が滞る事をまるで人質のように話してくる。何か勘違いをしていないか？

文化祭が失敗に終わることは残念だけど、別にそこまでのショックじゃない。姉貴が仕事に追われることは姉貴自身の責任だ。他でもない、姉貴は生徒会の副会長なのだから。頼まれてもいないのに、姉弟だからといって自分から情けをかけて助けてやろうだなんて思わない。

「言ったはずだ、『楓に弟が居ると分かった以上、俺が調べないわけないだろう』と」

「はあ……」

「佐城渉――お前がそこまでの能力を身に付けたのは何のためだ。何のために中学生でありながらアルバイトをしていた……？　何のために楓は夏休み前にお前に激情をぶつけ、表情を歪ませた……？　何のためにお前は三日前の放課後、生徒会を手伝った上で文化祭実行委員会まで手伝ったんだ？」

「そ、それは……」

返す言葉が見付からないくらいのプロファイリング。俺のプライバシーはいったいどうなっているんだ？　先輩の部屋に二十四時間監視できるモニターとかがあるわけじゃないよな？　俺でこのレベルなら姉貴なんてどうなってんだよ……。

「わざわざはっきりと言葉にして突き付けようとは思わない。お前に断られようと意地の悪いことをするつもりも無い。だが、もう一度問わせてもらうぞ——本当に、お前はそれで満足か？」

「……」

押し付けられる面倒事。でも、その面倒事の渦中には決して見過ごせない人が居る。どれだけ追いかけようと、もう決して手の届く事は無い想い人が。そんな彼女が苦しむ姿なんてみたくない。

心に決めたのは、それでも彼女の幸せを願う事。たとえその隣に自分が居なくとも、遠くから笑っている姿を見られるのならそれで良いやって、胸の痛みさえ供物にして女神に誓った——誓って、いるはずなんだ。今までも。こうしている今も。そしてこれからも。

「——……良く、ないです」

「なら、どうする？」

最初から、結城先輩はそのつもりで今までの話を俺に聞かせたのだろう。伊達に偉そうに恋愛を語ってるわけじゃなさそうだ。

まるで俺は煽てたら簡単に乗る情弱な小者だ。大真面目に断ろうとしていた時の俺はピエロだったわけだ。イケメンに出し抜かれたというのが悔しくて仕方ない。それでも、この術中に嵌る事が女神への誓いを守る事になるのなら。妹想いの夏川が、早く家に帰って愛莉ちゃんと笑える時間が増えるのなら。

「――やります。やらせてください」

「……決まりだな」

いつもはクールな結城先輩がにやりと笑う。全力のグーパンを叩きこんでやりたい。夏川さえ絡まなければ、できるだけこの先輩と関わらない事を決めた。

石黒先輩が、「お前もか」と言いたげな目を向けてきた。

「……恋愛などというものは、理解できません」

「そう言うな石黒。俺にだって似たような時期があった。どんな女も、全員同じ顔に見えてしまうくらいにはな」

「そんなに女子の顔を直視できません」

「……それは矯したらどうだ?」

よくも気付かせやがったなと言うべきか。それともよく教えてくれましたと言うべきか。どのみち俺は夏川が苦しんでいる事を知ってたし、遅かれ早かれの話だったのかもしれない——だとしたら、ここは嫌でも感謝するしかない。

「それより……これこそあの女が怒るのでは？」

石黒先輩が顔を引き攣らせながら言う。姉貴は——怒るか？　俺が手伝うだけの話だけど。仕事ぶりを評価してくれているのなら寧ろ喜んでくれないと困る。

「気にする必要は無い。俺が二、三発殴られれば済む話だ」

「……恋愛は、理解できません」

「ふっ……」

話が纏まると、石黒先輩から一枚のプリントを渡される。文化祭準備に関するこれからの方針や進め方が事細かに書かれている。言っていた通り、随分とゴリ押しな印象を受ける。よく見ると既に流れの中に俺の名前が組み込まれていた。つまり、これを確実に達成出来るかどうかは、俺の腕にもかかっているというわけか。

「お前にはこの石黒と一緒に実行委員会の教室に入ってもらう。蓮二が取り繋いだチームと連携してくれ」

俺の手元を覗き込んだ結城先輩が補足を入れて来る。既に次に起こすべき行動が頭に入っているようだ。

「本格的っすね……わかりました。宜しくお願いします、石黒先輩」

「ああ……佐城弟と呼ぶのも面倒だからな、俺も渉と呼ばせてもらおう」

「わかりました。じゃあ俺も賢先輩って呼びますね」

「いや、俺の名前は賢じゃないんだが……」

「……あれ？」

学校行事だというのに、事態は学生レベル以上の対応を求められそうだ。姉貴に手伝わされるのとは要求される技術が違うし、関わって来る人数も大きく違う。資料に目を通す限りだと、軽い気持ちで臨めば業務上の事故だって起こりうる内容だった。

頭の奥、中学時代から今に至るまで養い続けてきたスイッチがオンに切り替わった。

あとがき

皆さん、お疲れ様です。おけまるです。
『夢見る男子は現実主義者５』はいかがでしたでしょうか。私は変わりなく、今回も校閲作業は地獄でした。やはり縦書きは横書きと全く違いますね。五巻まで付いた来ていただいた皆さんには感謝の念しかありません。これからもどうぞ宜しくお願いいたします。

カバー折り返しの著者近影でもご挨拶しましたが、本作は十代の学生さんが多く読まれていると聞いております。限られたお小遣いを割いてこの書籍を手に取って頂き、本当にありがとうございます。

二〇二一年の今、世間はコロナ禍に見舞われている中で学生さん達は貴重な青春の時間を奪われていると思います。そのためにクラスメイトと接する機会も減り、精神的な辛さは増す一方だと思います。休校になり、インドア派な学生さんは最初こそラッキーなんて思ったかもしれませんが、そんな調子が二年も三年も続くようなら話が違うというものです。とっくに十代を終えた私でも皆さんの心中を察することは難しくありません。

だからこそ、声を大にして言います。直接クラスメイトと会った際は、その時間を大切にしてください。学生時代に繋いだ縁がどれだけ貴重なものかは社会人になって気付きます。コロナ禍だからこそ、なるべく触れないようにしていた事をお伝えいたします。

今ここを読まれている学生さんは他にも現代恋愛ジャンルの作品を読まれたこともあると思います。昨今の流行りでは、主人公が孤独体質であることを好む傾向がありますが、これに限っては憧れはしても現実世界で真似をするべきではありません。無論、面白いと感じた言動をボケとして採用する事はむしろオススメいたします。

何が言いたいかというと、『一人』を好むことは悪いことではありませんが、格好良いことではないということです。それを皆さんの学校生活に反映させてしまうと、痛い目には遭いませんが惨めな思いをする事になるでしょう。気が付けば自分の周りから人が遠ざかっていると思います。

孤独体質は同好の士だったり友人の存在が変えてくれます。しかし、中にはそういった存在が居ないという方もいらっしゃるでしょう。そんな方のために、私の経験則からちょっと解決法を考えてみました。「そもそも友達たくさん居るけど?」という方は読み飛ばしてください。貴方は陽キャです。

その方法とは、『過度な真面目』は控える事です。

友人が少ない傾向にある方はどうしても内向的な場合が多いです。常日頃から弾けまくってるハジケリストに右記の方法が合うとは思いません。そんな方はあるがままの自分を信じて突き進んでください。

ただ、内向的な方は事情が異なります。ただ真面目に学校生活を送っているだけなのに、何故か人が寄り付かない方がいらっしゃるのではないでしょうか。おそらくですが、そんな皆さんは右記のような『過度な真面目』を実行しているんだと思います。そんな方のために、『過度な真面目』をしないためのコツをいくつか箇条書きで纏めてみました。

①学校での合間の時間を課題に費やさない
②学校課題と同じくらい遊びの誘いを優先する
③無理をしない

この三つでしょうか。

①ですが、これはかなり大きいと思います。授業や学校の決まりで課題が出され、それを早く終わらせようと休憩時間の度に手を付けている学生さんはいらっしゃいませんでしょうか。これは悪手と言わざるを得ません、『過度な真面目』です。

毎日何度も必ずやって来る貴重な交流時間を、一人の時間に使っていてはそりゃあ人は寄り付かなくなります。真面目にカリカリとシャーペンを走らせてる人に誰が話し掛けようと思うでしょうか。まずは皆さんの方から話し掛けやすい環境を整え、課題や宿題は学校が終わった後に家で片付けるようにしましょう。無論、テスト前や受験シーズンは除きます。

②ですが、クラスメイトからの遊びの誘いが苦手な学生さんは考え方を変えてみましょう。「面倒くさい」と思う方でも、人付き合いだと思って苦労を買うつもりで誘いに乗るべきだと思ってます。貴方の社交性を養うために必要な事だと思ってます。

交通費などのお金の問題はありますが、親だって息子や娘の孤独を望んではいません。学生が金銭面で親に甘えることは全てが悪い事ではありません。過度でなければ素直に「お金ちょうだい」と言えばくれる事もあるでしょう。コツは事前に夕食の時にでも「お金ないから遊びの誘い断っちゃったー」と嘘でも残念そうに言っておけば親御さんはあなたの交友関係に危機感を抱くでしょう。親から「いくら足りないの？」という言葉を引き出せればあなたの勝利です。

③は皆さんの心を守るためでもあります。取り繕う事も大切ですが、無理をするといつか剥がれます。それは様々なことに言えます。

まず面白い奴のフリをしなくていいです。それより怖いのは、無理に笑いを取りに行こうとして空気の読めない発言をしてしまう事。共通の話題について話せればそれで良いんです。特に好きな子の前では要注意。

また、無理に前に出ようとしなくていいです。スポーツに例えるなら経験も浅いのに得意なフリをしないでください。本当はちょっと得意でも「苦手だからミスしたらごめん」って言っておけば良いんです。本当にミスしても、得意と言っていた手前でミスするより遥かにマシです。

ＳＮＳは無理に追い掛けないでいいです。用事があったり、入れる話題があったり、話し掛けられたりしたときだけで大丈夫です。無理に他人のやり取りに介入しないようにしましょう。介入するにしても学校で直接関わるのがベター。知らない思い出話で盛り上がっていたなら「そんな事があったんだー」と言って入って行きましょう。

以上の三つを踏まえて言えることは次です。

「誰かと接する時間があるならそちらを優先し、自分を誇張せず、後回しできる『真面目』は後でやる」

です。『真面目』に費やしていた時間をクラスメイトに向けてみましょう。内向的な方は少し勇気が必要かと思いますが、人付き合いに対して「面倒だからいいや」という考え方は今後の学校生活にリスクを呼び込みます。

不安や寂しさのような心のモヤモヤは、自分の置かれた状況を頭の中で言語化するだけで具体的な問題点が浮かんで来る場合が多いです。「どうして自分はこうなんだろう」と疑問に思うのなら、その問題点を箇条書きに並べ、そこに至るまでの経緯を実際にメモ帳などで文字に変えてみてください。そうする事で、自分の中で度し難い感情が渦巻くまでのロジックと、様々なリカバリー方法が浮かんで来るでしょう。

通常ならお伝えする程のことでもないかもしれませんが、もし仮に昨今のラノベから孤独体質な主人公を学生の読者さんが自己踏襲し、コロナ禍の学校生活に反映させているなら、それはとても危ういのではと考えております。

ライトノベルとは夢と理想の物語。主人公と自分を重ね合わせるのは物語の中だけに留めるべきと私は考えます。

学生さんに限らず、読者の皆さんには無理のない範囲で、色んな人と助け合いながらこの厳しいご時世に臨んで頂きたいと思います。

社畜の私と共に乗り越えていきましょう。

おけまるでした。

問題だらけの文化祭で、
実行委員として翻弄される愛華。
その姿を見て覚悟を決めた渉は、
培った能力をフル活用して解決に当たる。
全てはそう、たった一人の女の子のため——
そして戸惑い続けた彼女の心にも、
ついに大きな転機が!?

夢見る男子は現実主義者6
2022年 春頃
発売予定!!!!!!

HJ文庫 http://www.hobbyjapan.co.jp/hjbunko/
959

夢見る男子は現実主義者5

2021年10月1日　初版発行

著者――おけまる

発行者―松下大介
発行所―株式会社ホビージャパン

〒151-0053
東京都渋谷区代々木2-15-8
電話　03(5304)7604（編集）
　　　03(5304)9112（営業）

印刷所――大日本印刷株式会社

装丁――coil／株式会社エストール

Printed in Japan

ISBN978-4-7986-2622-2　C0193

ファンレター、作品のご感想お待ちしております

〒151-0053　東京都渋谷区代々木2-15-8
(株)ホビージャパン HJ文庫編集部 気付
おけまる 先生／さばみぞれ 先生

アンケートはWeb上にて受け付けております

https://questant.jp/q/hjbunko

- 一部対応していない端末があります。
- サイトへのアクセスにかかる通信費はご負担ください。
- 中学生以下の方は、保護者の了承を得てからご回答ください。
- ご回答頂けた方の中から抽選で毎月10名様に、HJ文庫オリジナルグッズをお贈りいたします。